Johanna Tüntsch

Life on Stage

Bibliografische Information der Deutschen Nationalbibliothek: Die Deutsche Nationalbibliothek verzeichnet diese Publikation in der Deutschen Nationalbibliografie; detaillierte bibliografische Daten sind im Internet über http://dnb.dnb.de abrufbar.

Herstellung und Verlag: BoD – Books on Demand, Norderstedt
ISBN: 978-3 7597-5832-3

Für all jene,
die sich nicht davon unterkriegen lassen,
dass ihr Leben plötzlich
zur Seifenoper geworden ist.

Kapitel 1

Unzufrieden säbelt mein Vater eine dicke Scheibe von seiner glänzenden Bratwurst, schiebt sie durchs Kartoffelpüree und steckt sie in den Mund. „Du musst eine Küche haben", kritisiert er. „Das ist nicht richtig, wie Du wohnst. Mit 45 Jahren keine anständige Küche. Ich habe Dir jetzt eine bestellt. Das Kinderzimmer ist schon leergeräumt. Nach dem Nachtisch fangen wir an." Er legt eine Bohrmaschine auf den Tisch, deren Motor sofort stoßweise losgeht und ein grelles Alarmsignal ausstößt, das an meinen Nerven zerrt. Wieder und wieder klirrt und rappelt es.

Ich will aufspringen, die Bohrmaschine vom Tisch werfen und meinen Vater fragen, ob er spinnt. Ich mag meine Herd-Spüle-Kombination, und auch die offenen Regale, in denen ich Konserven und Weinflaschen verwahre. Außerdem kommt es nicht in Frage, dass Arthurs Zimmer ausgeräumt wird! Aber meine Glieder sind wie gelähmt, und mein Mund will sich nicht öffnen. Während ich gegen das Gefühl von Lähmung ankämpfe, verstummt die Bohrmaschine. Ich versuche mich zu sammeln und öffne die Augen. Grelles Sonnenlicht blendet mich, und gleich darauf zerreißt wieder ein Klingeln die Stille.

Erschöpft ziehe ich mir die Decke übers Gesicht, während mir langsam bewusst wird, dass ich zu Hause im Bett bin. Tatsächlich hat mein Vater mich gestern damit genervt, dass er mein Leben zu studentisch findet. Aber selbstverständlich sieht meine Wohnung noch genauso aus wie immer. Erleichtert merke ich, dass das Alarmsignal vorüber ist. Doch noch bevor ich mich auf die andere Seite gedreht habe, setzt es wieder ein. Resigniert greife ich zu meinem iPhone. Piotrs lachendes Gesicht blinkt auf dem Display.

„Was willst du?", frage ich genervt.

Er antwortet nicht sofort. Dann höre ich ein undeutliches Geräusch, gefolgt von bellendem Schluchzen. „Hendrik", japst er hell: „Hendrik! Etwas Schlimmes ist passiert!"

Argwöhnisch kneife ich die Augen zusammen. „Piotr, was ist los?"

„Ich war gestern mit Felix aus", schluchzt er. „Gerade, als wir am Chlodwigplatz waren … er rannte los, um noch eine Bahn zu kriegen ..." Dann nur noch Tränen.

Plötzlich ist mir eiskalt. Bilder meines besten Freundes tauchen vor meinem inneren Auge auf, sein Körper zweigeteilt von den erbarmungslosen Eisenrädern einer Straßenbahn. Im Hintergrund die leuchtende Reklame von Subway und Merzenich. Blaulicht, Martinshorn, Betrunkene, Passanten.

Panische Stimmen fragen: „Ist hier ein Arzt?"

„Sie hat mich einfach ignoriert", heult Piotr.

„Was?"

„Einfach ignoriert", wiederholt er, dramatisch schluchzend: „Ihr Typ hat den Arm um sie gelegt und seine Hand auf ihren Hintern gepackt. Ein intaktes Paar, verstehst du? Sie wirkten wie ein Paar, das jetzt nach Hause geht und Sex hat."

„Was hat das mit Felix zu tun?", frage ich wütend. „Was ist mit ihm?" Ich springe auf, stolpere über meine Schuhe, fluche, greife nach der Jeans, um zum Krankenhaus zu fahren.

„Felix war doch gar nicht mehr dabei", sagt er irritiert. „Der war schon gefahren."

Etwas benommen sinke ich zurück aufs Bett. „Was?", frage ich erneut, und fühle mich langsam etwas dämlich dabei.

„Hörst du nicht zu?", fragt er, jetzt nur noch leicht schluchzend, vorrangig ärgerlich. „Felix war in die Bahn gesprungen. Und als sie dann abgefahren war, sah ich dahinter Katinka mit ihrem Typen! Sie hat mich auch gesehen, vollkommen sicher, kein Zweifel möglich. Wir hatten Blickkontakt, mit dieser völligen Intensität, weißt du? Ich weiß, sie kann es nicht ertragen, mir in die Augen zu sehen. Es geht ihr durch Mark und Bein, natürlich. Sie spürt diese

Elektrizität, die da ist. Aber sie hat es einfach ignoriert. Hat mich ignoriert. Der Typ legt seine Hand auf ihren Arsch, und sie lässt mich einfach stehen."

Ich hole tief Luft. Beiße ich ins Kissen? Vergrabe ich das Telefon unter einem ganzen Berg von Kissen? Am liebsten würde ich Piotr, diesem polnischen Dramatiker, ein Kissen in den Mund stecken. Ich entscheide mich für: in die Küche gehen und Kaffee aufsetzen. „Piotr", frage ich mit vorgetäuschter Geduld, während die Kaffeemaschine rödelt: „Wer ist Katinka?"

Ein aufgesetztes, verletztes Lachen schallt aus dem Hörer. „Wer ist Katinka?! Ja, du hast Recht, das zu fragen. Das sollte ich mich auch fragen. Nur, dass wir uns vor sechs Monaten auf einer Party begegnet und seitdem ständig über den Weg gelaufen sind. Ich weiß, dass sie mich liebt. Aber sie traut sich nicht, zu ihren Gefühlen zu stehen."

„Piotr, du spinnst!", sage ich, während ich einen Becher aus dem Regal nehme. „Die Frau kennt dich wahrscheinlich einfach gar nicht. Also mach nicht so ein Drama! Ich dachte schon, es wäre wirklich etwas passiert!" Ich höre Piotr Luft holen, um eine verbitterte Antwort zu geben, als mein Festnetztelefon klingelt.

„Sorry, ich muss ans andere Telefon. Ich rufe zurück", sage ich schnell und lege auf.

Am anderen Telefon ist Marius.

„Ich war gestern großartig", sagt er ohne Begrüßung.

„Guten Morgen Marius", versuche ich – aber er würgt mich direkt wieder ab.

„Ich war mit der Geliebten vom Intendanten der städtischen Bühnen essen", verkündet er.

Städtische Bühnen? Intendant? Geliebte? Ich bin irritiert. „Mit wem warst du essen?"

„Ich habe es dir doch erzählt! Im Urlaub. In Bayern. Da war dieser kleine Kurort an der tschechischen Grenze, in dem sich eine Tänzerin in mich verliebt hat. Sie ist die Geliebte des Intendanten", stellt er klar.

„Sollte sie dann nicht eher in ihn verliebt sein als in dich?", wende ich ein, aber Marius überhört das geflissentlich.

„Sie fand mich toll, also will sie natürlich, dass ich ein festes Engagement bei ihnen bekomme. Sie arbeitet daran. Ich habe die Stelle so gut wie sicher", meint er.

Ich rolle die Augen. Das ist SO typisch! Marius leidet in gleichem Maße an Größenwahn wie Piotr. Beide sind eigentlich viel zu talentiert für diese Welt. Nur komischerweise hat das den einen dazu geführt, Lichttechniker an einer kleinen Privatbühne zu sein, während der andere sich mit kleinen freiberuflichen Engagements durchs Leben schlägt, nachdem seine Frau ihn vor die Tür gesetzt hat, weil sie nicht länger für seine Eskapaden draufzahlen wollte. Aber so ist das: Ich bin Schauspieler und von Idioten umgeben.

„Marius, das ist super! Kommst du trotzdem nachher noch zur Probe, oder hast du bereits die Koffer gepackt?"

Er hört meine Ironie nicht. „Gib mir noch ein halbes Jahr, dann wird Bettina darum betteln, dass ich sie zurücknehme. Was ich natürlich nicht tun werde", phantasiert er.

Ich höre das Klicken eines Feuerzeuges in der Leitung und sehe vor mir, wie er sich jetzt, die Kippe in der Hand, genüsslich zurücklehnt, um mir einen Vortrag über seine imaginären Erfolge zu halten. „Marius, sei mir nicht böse, aber hier kommen gleich Handwerker und ich muss noch unter die Dusche", lüge ich.

Nachdem das Telefonat beendet ist, setze ich mich an den Küchentisch und denke an den gestrigen Abend zurück. Es war ein Papa-Abend. Was nicht bedeutet, dass ich meinen Sohn zu Besuch hatte, sondern dass ich meinen eigenen Vater getroffen habe. Seitdem meine Mutter gestorben ist, versuche ich, mir alle zwei Wochen einen Abend für ihn freizuhalten. Normalerweise gehen wir dann ins Rolandseck, essen etwas, trinken zwei, drei Kölsch und ich höre mir an, was ich in meinem Leben falsch gemacht habe.

Gestern hatte mein Vater sich der Frage nach meiner Einrichtung gewidmet. Meine Küche ist ihm ein Dorn im Auge, denn er hat sein gesamtes Berufsleben damit verbracht, Küchen aufzubauen. Nur bei mir kam er nicht zum Zuge. Nachdem Susanne, meine Ex-Frau, vor acht Jahren ausgezogen ist und dabei nicht nur unseren Sohn, sondern auch den Großteil unserer Möbel mitgenommen hat, konnte ich mich nie mehr dazu entschließen, mich durch ein Möbel-Pärchen-Paradies zu schieben, um die Leerstellen in der Wohnung neu zu bestücken. Also sind sie größtenteils einfach geblieben, beziehungsweise, ich habe sie nach und nach mit Fundstücken vom Sperrmüll aufgefüllt. Mich interessiert das alles nicht besonders, denn ich bin ohnehin nicht oft zu Hause. Und in den seltenen Fällen, in denen ich eine Frau mit zu mir nehme, ist es mir nur recht, wenn sie gleich sieht, dass sie dieses ganze Nestbau-Ding mit mir gar nicht in Angriff zu nehmen braucht.

Kapitel 2

Als ich aus der Dusche komme, klingelt der Postbote. Mir fällt ein, dass ich neue Bettlaken bestellt habe. Ich hasse einfach diese Bettlaken, die sich auf der Haut nicht ganz glatt anfühlen. Aber in Mikrofaser schwitzt man, und Baumwolle hat immer irgendwelche Falten. Irgendwie haben die das Garn früher anders verzwirnt. Aber ich meine – wir leben in Deutschland, im 21. Jahrhundert, oder nicht? Es muss doch möglich sein, dass diese industriellen Verbrecher anständige Bettlaken produzieren. Ich bin gespannt, ob diese nun endlich besser sind als die letzten, die ich alle zurückgeschickt habe. Trotzdem will ich dem Postboten nicht im Adamskostüm die Tür aufmachen. Also vertraue ich darauf, dass er das Paket bei einem meiner Nachbarn abgibt. In der Regel ist jemand da, der meine Pakete annehmen kann.

Inzwischen ist es elf Uhr. Komisch, dass Felix sich noch nicht gemeldet hat! Zumal er ja anscheinend gestern nicht unter die Bahn geriet, sondern nur vor Piotrs liebeskranken Ausbrüchen flüchtete. Ich rufe ihn an.

„Hi", sagt er gut gelaunt: „Ich muss dir was erzählen!"

„Klar", sage ich, „aber lass uns rausgehen! Um zwölf am Rhein?"

„Okay", sagt Felix. Er klingt ein bisschen enttäuscht. Anscheinend hätte er seine Geschichte gerne sofort erzählt. Aber ich hasse dieses Rumsitzen bei Sonnenschein, und ich musste heute schon zwei idiotische Telefonate über mich ergehen lassen, also nehme ich das in Kauf.

Als wir uns eine Stunde später am Rheinauhafen treffen, ist er wieder bestens drauf. „In der Bäckerei bei mir um die Ecke gibt's eine neue Bedienung", strahlt er.

Ich warte darauf, dass die Geschichte weitergeht. Geht sie nicht.

„Ja, und?", frage ich nach einer Weile, während wir am Wasser entlang gehen.

„Du, die ist toll", schwärmt er. „So eine richtig schön mütterliche, süße Figur, und ein niedliches Gesicht ... die wäre bestimmt eine tolle Mutter für meine Kinder!"

Ich muss lachen. Von Felix' Schwärmereien mit mütterlicher Figur habe ich schon einige gesehen. Die würden alle besser mal ein paar Möhren essen, statt sich mit Chips und Teilchen vollzuschieben. „Hast du sie schon gefragt, ob sie dich heiraten will?", frage ich.

„Du nimmst mich nicht ernst!", beschwert er sich: „Ich müsste ja ohnehin erst mal einen Ring kaufen! Aber bestimmt hat sie auch schon einen besseren ..."

Ich sehe Felix an. Er ist witzig und hochintelligent. Ich meine, wirklich hochintelligent! Mit Mitte 20 war er schon promovierter Arzt, hat dann aber die Medizin an den Haken gehängt, weil er Schauspieler werden wollte. Den Arzt hätten eigentlich nur seine Eltern gerne aus ihm gemacht. Dass er stattdessen jetzt im Theater im Hinterhof spielt, haben sie ihm nie ganz verziehen. Ich versuche, ihn durch die Augen einer jungen Frau zu sehen. Okay, er hat keinen Waschbrettbauch, aber im Großen und Ganzen ist er schlank und sieht gut aus. Heute trägt er enge Jeans und braune Lederschuhe, dazu ein Shirt, auf dem lange Frauenbeine zu sehen sind. Na gut, das ist vielleicht ein Motiv, das sich nicht gerade geeignet, um Frauen zu beeindrucken. Aber diese Selbstzweifel, die er immer hat, sind trotzdem lächerlich!

„Was für ein Shirt ist das eigentlich?", will ich wissen.

Er guckt an sich hinab. „Das hat mir meine Mama geschenkt", sagt er.

Zum x-ten Mal an diesem Tag rolle ich die Augen.

„Sie sagt, es wäre cool", verteidigt er sich, und macht es damit eigentlich nur schlimmer.

Ich meine, mal ehrlich – ein Mann Anfang 30, der sich von seiner Mutter sagen lässt, was cool ist – wie cool kann das sein? Noch dazu, wenn man bedenkt, dass seine Mutter in der niedersächsischen Provinz lebt und völlig gestört ist. Felix spinnt. Aber dadurch ist er eben auch verrückt genug, mein Freund zu sein.

„Was ist denn jetzt mit dieser Bäckerin?", komme ich zum Ausgangspunkt der Unterhaltung zurück.

„Ach, das klappt ja sowieso nicht", sagt Felix fahrig und fährt sich verlegen mit der Hand durch die Haare. „Sie hat mir eben heute Morgen die Brötchen eingepackt … und so ..."

„Ja?"

„Ach, mehr war nicht", ruft er und schlenkert die Hände, als wollte er den letzten Rest seiner mageren Geschichte aus dem Ärmel schütteln. „Vielleicht klappt es ja mit Florence", sagt er dann.

„Wäre schön", sage ich – wohl wissend, dass das nun gerade die einzige Frau ist, die er sich aus dem Kopf schlagen kann: „Aber die steht halt seit drei Jahren auf mich."

Felix zuckt die Schultern. „Kölsch?", fragt er, als wir an einem Kiosk vorbeikommen.

Ich winke ab. „Nee, ich hab nachher noch Probe."

„Auch so ein Scheiß", meint er.

„Was jetzt genau?"

„Naja, mit Marius!"

Im Gespräch mit Felix muss man manchmal ein bisschen rätseln. Aber dieses Mal kann ich mir ganz gut vorstellen, was er meint.

„Den hättest du echt besser nicht in den Hinterhof geholt", ergänzt er.

„Stimmt."

Nicht, dass ich Dankbarkeit erwarte. Marius suchte Arbeit, und wir einen, der den Mephisto gut als echtes Arschloch spielen konnte. So kam eins zum anderen. Jetzt macht der Trottel sich regelmäßig im Ensemble unbeliebt, weil er alles besser weiß. Sogar mit Nastacia hat er sich schon angelegt. Die hat ihm allerdings schnell gezeigt, woher der Wind weht.

Wir haben inzwischen eine Wiese erreicht und werfen uns in die Sonne.

„Wie war es eigentlich gestern mit deinem Vater?", fragt Felix.

„Ach hör auf", stöhne ich. „Der will mich jetzt bürgerlich einrichten."

„Ein größeres Gästebett?", fragt Felix hoffnungsvoll. Er kann es nämlich nicht leiden, nach durchsoffenen Nächten auf Arthurs verkürzter Matratze zu pennen.

„Ganz bestimmt nicht!", sage ich nachdrücklich: „Eine Küche!"

„Wieso?", fragt jetzt auch Felix. „Ist der Kühlschrank kaputt?"

„Nein, das Bier ist immer noch kalt genug", sage ich, ein bisschen schnippisch. Warum ich so gereizt bin, weiß ich eigentlich selbst nicht genau. Vielleicht, weil ich daran denken muss, dass ich den Kühlschrank gebraucht und überteuert von einem Onkel gekauft habe, den ich eigentlich nicht leiden kann, räsoniere ich.

„Wie geht es ihm denn?", fragt Felix.

„Meinem Onkel?"

Irritiert schaut er mich an. „Deinem Vater!"

„Ach so. Ja. Gut, denke ich. Er findet immer noch etwas in der Nachbarschaft, über das er schimpfen kann. Und wenn der Ärger dort erschöpft ist, macht er halt bei mir weiter. Also alles so, wie er es gern hat."

Felix grinst. Dann huscht ein Schatten über sein Gesicht.

„Meine Mutter fing heute wieder davon an, dass ich hier meine Intelligenz verschwende."

Ich beobachte zwei Motorboote, die über den Rhein jagen. „Ich verstehe auch nicht, warum du jeden Tag mit ihr telefonierst."

Ungeduldig atmet er aus. „Sie ist halt so alleine! Mein Vater ist ja immer bis abends unterwegs, und dann hat sie keinen zum Reden."

„Außer deiner Schwester, deinen zwei Brüdern, deinem Schwager und deinen zwei Schwägerinnen", zähle ich an den Fingern ab.

„Die taugen doch alle nichts! Würdest du mit denen reden wollen? Die machen sie nur noch mehr verrückt", entgegnet er.

Skeptisch sehe ich ihn an.

„Ist doch wahr", rechtfertigt er sich. „Meine Schwester und die Frauen von meinen Brüdern reden den ganzen Tag nur über den Windelinhalt ihrer Kinder, und wo sie schon Staub gewischt haben. Meine Brüder interessieren sich nur für Milchkühe und Traktoren, und mein Schwager ist nur an den Wochenenden zu Hause, und dann wird er einen Teufel tun, mit meiner Mutter zu sprechen."

Ich denke an gestern Abend. „Ich verstehe ja, dass du mit deiner Mutter sprichst. Ich kümmere mich auch um meinen Vater. Aber muss es jeden Tag sein, und meistens sogar mehrmals?"

„Sie tut mir halt leid! Und sie arbeitet ja auch an sich. Ich habe ihr gesagt, dass das so nicht weitergeht. Dass sie mal raus muss. Sie ist jetzt sogar schon mal alleine bis zum Aldi gefahren."

Stille. Ein Binnendampfer zieht träge vorbei. „Felix ...“ Nein. Mir fehlen echt die Worte.

„Ja, ich weiß schon“, gibt er schließlich kleinlaut zu. „Sie spinnt halt. Aber sie meint es ja nicht böse, und sie macht sich Sorgen um mich.“

Mir fällt noch immer nichts ein, was ich sinnvollerweise sagen könnte.

Plötzlich wird er sauer. „Aber genervt hat sie mich jetzt auch wieder, die Alte! Ich soll nicht so viel durch die Gegend fahren, meint sie. Und die Stadt wäre gefährlich. Und dann fragt sie mich doch ernsthaft, ob ich beim Sex Kondome nehme! Ich meine, das ist doch übergriffig, oder nicht?“

Ich muss lachen. „Das hat sie echt gefragt?“

„Ja! Die spinnt doch. Ich habe gesagt, das geht sie gar nichts an. Aber nächstes Mal sage ich ihr, ich mach's nur mit Männern, und zwar von hinten, und die können nicht schwanger werden. Dann hat sie erst mal drei Wochen Schnappatmung und ich meine Ruhe.“

Grinsend stelle ich mir die Situation vor. Felix' Ärger amüsiert mich, während ich ihn natürlich auch verstehen kann. Absurde Auseinandersetzungen kenne ich nur zu gut.

Kapitel 3

Im Theater ist, als ich komme, die Hölle los. Marius stolziert durch die Garderobe und schreit. Florence steht blass in der Ecke und hält ein Stück Stoff in den zitternden Händen. Heinrich wieselt auf sie zu, um ihr eine Tasse Tee zu reichen.

„So muss man ja nun wirklich nicht mit einer jungen Kollegin sprechen“, sagt er, während er den Kopf halbwegs in Marius' Richtung dreht, gleichzeitig aber aussieht, als hofft er, dass der nicht antwortet.

„Was willst du mir denn sagen, du Wellensittich?", braust Marius auf.

Eine heftige Röte zieht über Heinrichs Gesicht, und obwohl ich Heinrich selbst lächerlich finde, muss ich zugeben, das war ein Schlag unter die Gürtellinie. Marius weiß genau, wie sehr Heinrich darunter leidet, kein Schauspieler zu sein. Sobald ein Scheinwerfer auf ihn gerichtet wird, fängt er an zu stottern. Also brach er die Schauspielschule ab und wurde Souffleur, was passt, denn er bräuchte nicht einmal ein Skript, sein Gedächtnis ist einfach phänomenal. Seine Minderwertigkeitskomplexe sind es allerdings auch, und so kompensiert er die fehlgeschlagene Bühnenkarriere mit übertriebener Political Correctness und Besserwisserei.

„Ich finde, das ist ein sehr schönes Kostüm, das gut zum Mephisto passt", sagt Heinrich lahm und bricht dann ab, offenbar selbst merkend, wie schwach er wirkt.

Plötzlich zucken wir alle vier zusammen. Bromp! Bromp! Bromp! Wer mit solchem Poltern die Treppe herabkommt, ist klar. Nastacia, unsere unfassbar fette Theaterdirektorin, wuchtet die Tür auf. In einem lila Gewand, das an einen Talar erinnert, steht sie vor uns und schiebt sich dann auf Marius zu. Während sie den Kopf in den Nacken legt, um ihn besser fixieren zu können, hört man von niemandem auch nur den leisesten Atemzug

„Wie warrr das gerrrade?", fragt sie drohend.

Während Heinrich, Florence und ich die Luft anhalten, schnaubt Marius nur überheblich und deutet mit einer lässigen Handbewegung auf das, was Florence in der Hand hält.

„Den Fummel ziehe ich nicht an", entrüstet er sich.

Nastacia kneift die Augen zusammen. „Das entscheidest nicht du", sagt sie nach einer langen Pause, dreht sich um und trampelt zurück Richtung Tür. Die wird in diesem Moment aufgerissen und Christopher tritt herein. Als er sich Nastacia gegenübersieht, wird er blass.

„T-tut mir leid, dass ich zu spät bin", stottert er. „H-hat's schon angefangen?" Nastacia lässt einen geringschätzigen Blick an ihm hinabgleiten. „Dämlack", donnert sie: „Es ist ja gar nicht zu spät." Ohne weitere Erklärung rauscht sie an ihm vorbei und verlässt die Garderobe.

„Was war los?", fragt Christopher mich, nachdem die Tür ins Schloss gefallen ist.

„Gab Krach", sage ich diplomatisch und sehe Florence nach. Still hat sie sich in den Nebenraum verzogen, wo die Kostüme verwahrt werden. Ich gehe zu ihr. „Was war denn los?", frage ich. Da ich dieses Arschloch Marius hier reingeholt habe, fühle ich mich für den Kack verantwortlich, den er verzapft.

Mutlos zuckt sie die Achseln. „Wir können uns nicht einigen über sein Kostüm", sagt sie leise. „Alles, was ich vorschlage, findet er entweder 'sowas von schon dagewesen' oder 'den lächerlichen Versuch, experimentell zu sein' oder 'einfach proviziell'. Langsam habe ich keine Ideen mehr. Aber zum Glück ist ja noch etwas Zeit."

„Lass ihn doch nackt auftreten", schlage ich vor.

Mit großen Augen sieht Florence mich an. „Dein Ernst?"

Ich verziehe kurz die Mundwinkel. „Keine Ahnung. Ist einen Versuch wert, oder? – Jedenfalls: Mir tut's leid, wie er dich behandelt! Wenn ich das gewusst hätte, hätte ich nie ..."

„Ist schon gut", fällt sie mir mit einem dankbaren Lächeln ins Wort.

„Wie läuft's denn mit dem Studium?", will ich wissen.

„Ach, naja ... ich schreibe gerade zwei Hausarbeiten ... ist ziemlich viel, mit der Arbeit noch hier ... Aber ich hab mir für die Premiere ein Kleid entworfen!" Plötzlich strahlen ihre Augen, und sie zieht ihr Smartphone aus der Tasche: „Ich zeige dir Bilder!" Sie hält mir das Display unter die Nase, auf dem ich mit Mühe und Not die abfotografierte Skizze eines bunten, schulterfreien

Etwas erkennen kann.

„Toll!", lobe ich sie: „Sieht phantastisch aus! Hast du mit der Arbeit daran schon angefangen?"

Sie schüttelt den Kopf. „Nein. Das ist ... Ich wollte warten, bis meine Eltern im Urlaub sind."

Mit Florence ist das so eine Sache. Ich denke, wenn Marius nicht gerade seine narzisstische Eitelkeit auslebt, arbeitet sie gerne hier im Hinterhof, denn eigentlich kommen wir alle gut mit ihr klar. Aber noch lieber wäre sie gar nicht am Theater, sondern Designerin. Das finden ihre Eltern, die beide bei großen städtischen Schauspielhäusern Karriere gemacht haben, allerdings inakzeptabel. Sie hätten sie gerne auch auf die Bühne gezerrt. Dass Florence es hasst, von mehr als zwei Leuten gleichzeitig angesehen zu werden, wäre ihnen egal. Mit ihrem Studium, Theaterwissenschaften, hat sie einen vermeintlichen Kompromiss gewählt. Nur, dass es eigentlich kein Kompromiss ist, denn sie quält sich durch das Studium und interessiert sich nicht wirklich dafür. Ich versuche schon lange, ihr klarzumachen, dass sie ihren Weg leichter gehen kann, wenn sie nicht länger bei ihren Eltern im Haus wohnt, aber aus irgendeinem Grund klebt sie dort fest.

„Hendrik?" Christopher steckt den Kopf rein. „Stör ich?", fragt er mit einem dummen Grinsen.

So ein Trottel! Er weiß genau, dass zwischen Florence und mir nie was laufen wird! Sie ist für mich viel zu sehr ein kleines Mädchen, mit ihrer ganzen bürgerlichen Art und ihren 23 Jahren. Umgekehrt sieht das schon anders aus, und so errötet sie nun auch prompt.

„Was willst du?", frage ich gereizt.

„Ich muss mit dir reden", platzt er heraus und grinst wie irre.

Ich weiß schon, was jetzt kommt. 'Ich habe mir was überlegt', wird er sagen.

Und dann kommt irgendeine völlig bescheuerte Idee, wie er seiner winzigen Rolle einen möchte-gern-spektakuläreren Anstrich verleihen kann.

„Ich hab mir was überlegt", beginnt er. „Du, was hältst du davon, wenn ich bei dieser Szene, also ich meine die Szene im Studierzimmer, wenn ich da mal was ganz Neues mache?"

Er hätte nicht sagen müssen, dass er die Szene im Studierzimmer meint. Das ist klar, denn das ist die einzige, in der er auftritt. Also sage ich nur: „Mh."

Ihn ermutigt das ausreichend. „Also, ich könnte doch sagen: Ich muss euch noch auf Facebook adden." Erwartungsvoll sieht er mich an.

Ich sehe zurück.

„Verstehste nicht? Na – auf Facebook adden! Das wäre doch total genial. So … einfach der Faust in der heutigen Zeit. Witzig irgendwie. Modern."

Ich sehe ihn weiter an.

„Ich meine, er sagt doch, also der Schüler, also ich sag doch: 'Ich muss euch noch mein Stammbuch überreichen! Gönn eure Gunst mir dieses Zeichen!' Na, und da wäre es doch total witzig, wenn ich stattdessen sagen würde: 'Ich muss euch noch auf Facebook adden! Würden Sie mich bitte als Freund bestätigen?'"

Außer, dass das sprachlich beschissen klingt. Außer, dass unsere ganze Interpretation komplett klassisch aufgezogen ist. Außer, dass die Zeit, als Facebook groß und neu war, auch schon wieder ein paar Jahre zurückliegt. Und außer der kleinen Tatsache, dass Nastacia jede Form von Einmischung in ihre Arbeit hasst, und sie ist nun mal die Regisseurin.

„Super Idee", lüge ich. „Ich würd's Nastacia nur nicht gleich jetzt erzählen, sie ist heute schlecht drauf." Und bis morgen hat er dann eh eine neue Schnapsidee.

Es klingelt. Das Zeichen zum Probenbeginn. Wir lassen den Kostümraum zurück und streben zur Bühne.

Kapitel 4

Nach der Probe ruft mich Arthur an. Das passierte früher so gut wie nie, in letzter Zeit aber häufiger mal. Meistens dann, wenn er etwas braucht oder Fragen hat.

„Hallo Papa! Ich wollte fragen, ob du heute Abend vielleicht mal Zeit hast. Wir könnten ja ein Bier trinken oder so."

Ich verschlucke mich an meinem Kaugummi. Nachdem ich fertig gehustet habe, frage ich sicherheitshalber noch einmal nach: „Was hast du gerade vorgeschlagen?"

Ich höre durch die digitale Leitung, dass er die Augen rollt. „Mann, Papa! Jetzt fang du nicht auch noch an."

Anscheinend hat er Krach mit seiner Mutter. Mindestens nervt sie ihn. Aber das ist ja auch normal in dem Alter.

„Heute Abend hab ich Aufführung. Morgen würde gehen. Oder wir sprechen jetzt, am Telefon."

„Nee, das ist nicht so gut. Dann lieber morgen." Ganz offensichtlich ist er enttäuscht.

„Tut mir leid, Kleiner. Großer!", verbessere ich schnell. „Morgen hab ich den Nachmittag frei und könnte nach Hennef kommen."

Das ist auch so eine Idiotie. Nachdem Susanne sich von mir getrennt hat, ist sie aus der Stadt rausgezogen. Weil sie anscheinend auf dem Land besseren Zugang zu den alternativen Schwingungen findet, von denen sie jetzt ihr Leben leiten lassen möchte. Dafür kann der Junge jetzt immer stundenlang durch die Gegend fahren, damit wir uns sehen können. Aber ich werde mich hüten, ihre Selbstverwirklichung in Frage zu stellen.

„Wäre cool", sagt Arthur jetzt. „Wir könnten Burger essen gehen. Da hat eine neue Bude aufgemacht."

„Klar!" Was auch immer. Hauptsache, er hat Spaß.

Wir verabreden uns für 17 Uhr am nächsten Tag. Kaum, dass ich aufgelegt habe, klingelt mein Telefon erneut.

„Na, doch lieber Eis essen?", frage ich. Aber es ist gar nicht nochmal Arthur, sondern mein Vater.

„Hendrik?", fragt er irritiert.

„Oh. Ja, ich bin dran. Was gibt's, Papa?"

„Hendrik, die Mama kommt seit Stunden nicht vom Einkaufen zurück."

Ich erlebe eine kurze Schocksekunde. Gefolgt von einigen längeren Schocksekunden. „Papa … äh ..."

Scheiße. Meine Mutter … meine Mutter lebt seit einem halben Jahr nicht mehr. Wie kann es sein, dass mein Vater solchen Scheiß redet?

„Papa", setze ich erneut an, finde aber auch dieses Mal keine Worte. Was soll ich auch sagen? 'Papa, hast du vergessen, sie lebt nicht mehr.' Wohl kaum.

„Wo kann sie denn sein? Sie wollte doch nur Kaffee holen", sagt er ganz unglücklich.

„Ich komme mal vorbei", schlage ich vor.

Das stimmt ihn offensichtlich froh. „Eine gute Idee", sagt er begeistert.

Also schön. Ich habe ja zwischen Probe und Aufführung nichts anderes zu tun, als mich den gedanklichen Aussetzern meines Vaters zu stellen. Als wäre es nicht schon schlimm genug, dass meine Mutter nicht mehr lebt! Ihr Tod kam für uns alle total unerwartet. Sie starb an Herzversagen, zehn Tage vor Weihnachten, zack, einfach so, mitten während der Vorbereitungen. Das meine ich so, wie ich es sage. Sie zog ein Blech mit Spritzgebäck aus dem Ofen, stellte es ab und kippte dann in der Küche einfach um. Aus. Vorbei. Zimtsterne, Vanillekipferln, Nussplätzchen und Bärentatzen waren bereits feinsäuberlich auf die Dosen verteilt, und auch die Geschenke waren alle schon eingepackt. Meine Mutter war nicht der Mensch, der gerne etwas dem Zufall überließ.

Auf dem Weg zur Wohnung meines Vaters frage ich mich, ob er getrunken hat. Oder vielleicht hatte er geschlafen und war gerade erst aufgewacht. Alte Leute reden ja manchmal unverständliches Zeug. Und meine Oma fällt mir ein. Die sagte auch nach dem Tod meines Opas: „Wenn ich von einem Zimmer ins andere gehe, suche ich immer überall den Opa." Also, das ist etwas Normales. Ich muss mir definitiv keine Sorgen machen.

Ich will aufschließen, habe aber den Schlüssel nicht dabei. Also klingele ich. Erst nach dem dritten Versuch tut sich etwas. Ich höre, wie er gemächlich zur Tür schleicht, dann stehe ich ihm gegenüber.

„Hendrik!" Er wirkt überrascht: „Musst Du nicht arbeiten?"

Was soll ich dazu sagen? Doch, ich muss arbeiten! Ich werde vor der Aufführung nichts mehr essen können, weil mein Vater sechs Monate nach dem Tod meiner Mutter auf ihre Rückkehr vom Einkaufen wartet.

„Wir hatten doch gerade telefoniert", sage ich vorsichtig.

„Ach, immer diese Telefoniererei", schimpft er vor sich hin, während er eine alte Zeitung, die auf der Kommode im Flur liegt, von links nach rechts verschiebt: „Als ich in deinem Alter war, konnte ich nicht den lieben langen Tag herumlungern! Da musste ich arbeiten!"

Er merkt, dass ich mich in der Wohnung umsehe. So richtig sauber wird es hier auch nicht mehr. „Was gibt es hier zu schnüffeln?", will er wissen

„Nichts! Gar nichts! Ich … ich schaue nur, ob ..." Mir fällt nichts eins.

Macht nichts, denn er schneidet mir ohnehin das Wort ab. „Hier wohnt ja keiner mehr außer mir! Für mich ist es schön genug! Und deine Mutter sieht vom Friedhof aus nicht, ob Staub liegt oder nicht. Also geh wieder nach Hause und mach, was auch immer du machst, während andere junge Leute arbeiten."

Er schiebt mich aus der Tür. Immerhin weiß ich nun, dass er weiß, dass meine Mutter nicht mehr lebt. Aber was sollte dann vorhin dieser komische Anruf? Ein kurzer Blick auf die Uhr macht mir klar, dass ich darüber später nachdenken muss. Die Vorstellung beginnt in einer Stunde und ich muss mich noch umziehen, also steige ich auf mein Fahrrad und sehe zu, dass ich zum Hinterhof komme.

Kapitel 5

An diesem Abend spielen wir „Kunst" von Yasmina Reza. Ich mag das Stück. Zum einen, weil ich mit Felix spiele, und es ist immer cool, mit einem richtig guten Freund auf der Bühne zu stehen. Indem wir in unsere Rollen schlüpfen und als jemand anders vors Publikum treten, entsteht ein ganz besonderes Bündnis. Denn mit jedem Blick sehen wir ja den, der in Wahrheit dahinter steht. Wir sehen uns mit unserer ganzen Geschichte. Aber die Zuschauer sehen nur das, was wir ihnen zeigen. Und plötzlich entsteht, parallel zu unserem Bühnentext, eine neue Kommunikation, auf einer ganz anderen Ebene. Das ist cool ist, weil es vor aller Augen passiert und trotzdem nur wir alleine davon wissen.

Wir haben das Stück jetzt schon seit ein paar Monaten im Repertoire. Das heißt, die ganzen intellektuellen Groupies, die versuchen, einem nach der Aufführung aufzulauern, um sich über ihre Erkenntnisse während des Zuschauens auszulassen, sind längst schon alle abgefrühstückt. Die rennen in die Premiere, oder mindestens eine der ersten Aufführungen.
Manche kommen natürlich auch zweimal. Wenn das passiert, weil es ihnen gut gefallen hat, ist es schön. Aber es gibt auch den Typ Lehrer, und der ist zum Kotzen. Das sind die Leute, die nochmal kommen, um zu sehen, ob Fehler passieren. Oder einfach, ob etwas jetzt anders läuft als bei einer früheren

Aufführung. Die lauern uns dann auch gerne im Café direkt neben dem Hinterhoftheater auf und sagen: „Das war ja interessant, Sie haben da jetzt in Szene Blablabla einen ganz anderen Ansatz gewählt als beim letzten Mal! Eine tolle Idee. Was hatte es damit auf sich?"

Baaah, die sind wirklich zum Kotzen! Mit solchen muss man theoretisch immer rechnen. Aber in der Regel kommen später in der Spielzeit einfach Leute, die mal wieder Lust hatten auf etwas anderes als essen gehen oder Kino. Und die sind mir eigentlich am liebsten, denn sie sind ein unkompliziertes, dankbares Publikum, das nach dem letzten Applaus geht und keinen Gedanken daran verschwendet, wo wir Schauspieler noch was trinken.

In „Kunst" spiele ich den Serge. Felix meint, ich spiele mich selbst. Nur, weil ich auch mal ein bescheuertes Bild gekauft habe! Okay, es hat keine 200 000 Franc gekostet, sondern nur 300 Euro. Und schließlich ist es gut, die Kunst zu unterstützen! Das versteht ja wohl jeder.

„Wenn du was Gutes tun wolltest, hättest du besser 300 Euro an die Kunsthochschule gespendet", kicherte Felix, als ich so argumentierte.

Es stimmt leider: In der Galerie sah das Bild irgendwie eindrucksvoller aus. Es zeigt einen blau-weißen Himmel. Als ich es zuerst sah, fand ich es irgendwie stimmungsgeladen. Aber zu Hause sah es dann nur noch wie ein – naja, wie ein ziemlich dämlich gemalter blau-weißer Himmel eben. So etwas, das Leute während des Urlaubs zustande bringen, die sonst das ganze Jahr über keinen Pinsel in der Hand halten.

Ich hätte es auch lieber wieder zurückgegeben, aber das ging nicht, weil ich die Galeristin kenne und sie zu Tode beleidigt gewesen wäre. Also habe ich es ins Schlafzimmer gehängt. Nun schlafe ich halt unter einem kitschigen, blau-weißen Himmelbild. Es sieht ein bisschen schwul aus, aber was soll's.

Felix spielt Marc, was auch irgendwie passt, weil er gerne streitet und kritisiert. Die dritte Rolle, Yvan, ist von Christopher besetzt. Klar, Yvan ist ja auch die spießbürgerliche Lachnummer in dem Stück, und Christopher ist auch genau so ein Typ, den keiner von uns ganz ernst nimmt. Das ist natürlich gemein, denn er ist schon nett, und natürlich hat er seine Geschichte. Wie wir alle. Aber er war definitiv nie einer von den coolen Jungs.

In der Garderobe steht Felix. „Was war los?", fragt er. Es ist untypisch für mich, erst so kurz vor der Vorstellung zu kommen.

„Erzähle ich dir später", sage ich, und tausche meine Jeans gegen den weißen Hugo-Boss-Anzug, den ich als Serge trage.

„Mensch, Hendrik, mach mal hinne", sagte Christopher, der nun auch angewieselt kommt.

„Mach du dich mal lieber vom Acker", murmele ich.

Anders als Felix freut Christopher sich einfach über jede Gelegenheit, mir die Welt zu erklären. Geht auch schon los: „Was wäre denn gewesen, wenn wir jetzt noch was hätten besprechen müssen? Du kannst doch nicht so kurz vor knapp kommen!"

Also ehrlich. Wir spielen das Stück jetzt seit fünf Monaten, es kommt mir zu den Ohren wieder raus. Was sollte denn da vorher noch zu besprechen sein? Christophers ständige Versuche, seine Komplexe durch Besserwisserei und Regelbewusstsein zu überspielen, nerven total.

Natürlich läuft auch alles wie immer. Am Ende biegen sich die Leute vor Lachen.

„War ja wieder sehr gut", freut sich Christopher, als wir später wieder in unsere eigenen Klamotten schlüpfen. Immer betont er das „sehr" so lächerlich.

Felix rollt die Augen und wiederholt den Satz stumm, aber mit einem irren Gesichtsausdruck. Ich verschlucke mich fast vor unterdrücktem Geiern.

„Gehen wir noch was trinken?", schlägt Christopher vor.

„Super Idee", meint Heinrich: „Vielleicht würde Marga dazustoßen. Sie hat heute ihren freien Abend."

Um Himmels Willen! So sehr wie Heinrich seine Schwester Marga vergöttert, so sehr geht ihr jeder Mann, der Sinn und Verstand beisammen hat, aus dem Weg.

Marga ist Kellnerin, möchte ihr Geld aber eigentlich als Malerin männlicher Akte verdienen. Nicht nur deswegen ist sie immer und auf jeden von uns scharf. Das an sich wäre vielleicht nicht so schlimm, wären da nicht ihr hässliches Hobbitgesicht, ihr ausladender, stark behaarter Körper und ihre elende Klugscheißerei.

„Zu mir kommen morgen ganz früh die Handwerker", platze ich heraus: „Geht leider nicht."

Auch Felix setzt ein bedauerndes Gesicht auf. „Ich muss leider früh ins Bett."

„Handwerker?", fragt Christopher nach. „Hast du gar nicht erzählt! Was ist denn kaputt? Vielleicht hätte ich dir ja helfen können."

Na toll. Jetzt habe ich ein doppelt schlechtes Gewissen. Erstens, weil ich gelogen habe, zweitens, weil er so nett seine Hilfe anbietet und ich ihn trotzdem blöd finde. Drittens, weil ich jetzt schon wieder lügen muss, um seine Frage zu beantworten.

„Küche", sage ich vage. „Da muss dringend was an der Küche gemacht werden. – Aber vielleicht hat Piotr Zeit, fragt ihn doch!"

Felix sieht mich an, als wäre ich völlig wahnsinnig.

„Autsch", murmelt er.

„Wir schauen mal", sagt Heinrich betont leichthin.

Mist. Für einen kurzen Moment hatte ich vergessen, dass Heinrichs Schwester

Marga und Piotr sich hassen, seitdem sie mal etwas miteinander hatten. Oder, genauer gesagt, seitdem Piotr Marga anschließend abserviert hat.

Nachdem Felix und ich vor noch mehr peinlichen Fragen geflüchtet sind, gehen wir den Ring runter Richtung Chlodwigplatz. „Was war denn jetzt vorhin?“, fragt er mich.

„Wieso?“

„Na, du wärst fast zu spät gekommen!“

Ach ja. „Scheiße, das hatte ich schon ganz vergessen. Ich musste zu meinem Vater. Der machte sich plötzlich Sorgen, weil meine Mutter nicht vom Einkaufen zurückkam.“

Felix zieht die Augenbrauen hoch.

„Ja, schön, oder? Er meinte, sie wollte Kaffee kaufen. Da habe ich lieber mal nach ihm gesehen. Aber als ich vor der Tür stand, hatte er unser kleines Telefonat anscheinend ganz vergessen.“

Felix pustet hörbar Luft aus. „Und jetzt?“, fragt er.

Ich zucke die Achseln. „Tja, nichts und jetzt. Was soll ich machen?“

„Hm. Naja. Meinst du nicht, dein Vater … also …“

„Der ist nicht dement“, unterbreche ich ihn. „Der hatte wahrscheinlich einen Mittagsschlaf gemacht, war verschlafen und etwas schlecht drauf.“

Zögerlich nickt er. „Wie du meinst. Klar. Das kann auch sein.“

„Das ist hundertprozentig so“, versichere ich ihm – und mir.

Wir sind vor dem Vrings-Eck angekommen, unserer Stammkneipe.

„Aber nur eins“, sage ich.

„Klar“, sagt er.

Wir wissen beide, dass das gelogen ist, aber es ist sozusagen ein Ritual, dass wir das sagen.

Drinnen lacht uns Anita entgegen. Sie ist eine dralle, fröhliche Brasilianerin.

„Hi Jungs", sagt sie gut gelaunt und knallt uns gleich zwei Kölsch vor die Nase.

„Alles klar bei euch?" Das fragt sie immer.

Ich frage mich, was sie sagen würde, wenn ich sagen würde: „Nein." Aber so etwas sagt man nicht zu Anita. Sie ist einfach zu gut drauf. Außerdem ist ja auch alles klar.

Sie erzählt, dass Marek, ihr Chef, eine neue Kellnerin eingestellt hat. „Die ist was für dich", lacht sie, und zwinkert Felix aufmunternd zu.

Dadurch, dass wir seit Jahren ins Vrings-Eck gehen, hat Anita schon zahlreiche Auf und Abs zwischen uns und dem anderen Geschlecht beobachten können.

Außerdem musste sie die eine oder andere Kollegin trösten, die sich an Felix die Zähne ausgebissen hat. Der will zwar eine Familie gründen, lässt aber trotzdem keine ernstzunehmende Frau an sich ran.

Die Schwingtür zur Küche geht auf, und eine zierliche Frau mit großen braunen Augen und schwarzem Pferdeschwanz kommt heraus. Sie balanciert auf ihren Armen drei Teller, die sie zu einem Tisch am anderen Ende des Raumes bringt. Wir sehen ihr nach.

„Das ist sie", sagt Anita, als wäre damit alles geklärt, wischt noch einmal resolut über den Tisch und geht.

Ich schaue Felix an. Oh nein! Diesen Blick kenne ich.

„Ach, die steht eh nicht auf mich", sagt er mit einem fiebrigen Glanz in den Augen.

„Sprich sie an, dann findest du es raus", schlage ich vor.

Wie immer findet er eine Ausrede. In manchen Dingen ist Felix echt ein Feigling. „Heute nicht. Ich fühle mich nicht so", meint er.

Naja, muss er wissen. Wir trinken unser Kölsch, bestellen noch eins und überlegen, welches Auto wir kaufen würden, wenn wir eins kaufen würden. Wir haben beide diesen Tick, der uns zu Exoten in unserer Branche macht. Aber ich möchte einfach nicht mit einem Renault Clio durch die Gegend fahren. Ich weiß, es klingt dumm, aber mit vielen PS fühle ich mich irgendwie potent.

„Meinst du, die will Kinder?", fragt Felix plötzlich.

An seine Gedankensprünge gewohnt, sage ich: „Klar! Wollen doch fast alle Frauen. Aber ihr solltet euch vielleicht vorher mal unterhalten."

„Sie hätten auf jeden Fall dunkle Haare", phantasiert er. „Vielleicht Locken. Meine Mutter hat Locken."

Manchmal ist er echt gruselig!

„Wie schätzt eigentlich Humphrey deine Beziehung zu deiner Mutter ein?", frage ich. Humphrey ist sein Therapeut. Er heißt eigentlich anders, aber weil er anscheinend wie Bogart aussieht und einen unaussprechlichen Namen hat, nennen wir ihn Humphrey.

Felix lässt den Blick nicht von seiner neuen Flamme. „Ich rede nicht so viel mit ihm über sie."

Ich lache ihn aus. „Spitzenidee!"

Konsterniert schaut er mich an. „Warum sollte ich? Es geht bei der Therapie ja gerade eben nicht um meine Eltern, sondern um mich. Das ich mal frei komme von ihnen. Nicht immer nur an meine Mutter denke. Irgendwo muss ich ja mal über mich sprechen können."

Ich geb's auf. Das Problem ist: Ich weiß, dass seine Arglosigkeit nur zur Hälfte gespielt ist. Natürlich weiß er, dass er ein Problem mit seiner Mutter hat, und deswegen eines mit Frauen an sich. Mit jeder halbwegs attraktiven Frau plant er sofort Kinder, rennt aber trotzdem gleich weg, wenn eine mal Interesse zeigt.

Anita tauscht unsere leeren Gläser gegen zwei volle.

Ich denke an die letzten Nächte zurück. „Ich schlafe im Moment wieder total schlecht", sage ich. „Dauernd träume ich von meiner Mutter. Letzte Nacht habe ich geträumt, sie leitet jetzt das Theater. Mein Vater machte das Licht, aber er hat es nicht hingekriegt. Die Bühne war ständig halbdunkel, Lichtkegel auf den

Sitzreihen – irgendein Scheiß halt. Und sie hat ihn völlig zur Sau gemacht deswegen. Und ich musste zwischen den verschiedenen Lichtkegeln hin und her springen und mal hier, mal da spielen, damit nicht so stark auffiel, dass er das alles nicht auf die Reihe bekommen hat."

Felix zieht ein Gesicht, halb komisch, halb betroffen. „Naja", sagt er dann: „Immerhin sind wir in guter Gesellschaft."

Was stimmt. Eigentlich hat jeder in unserem Ensemble ein Problem mit seiner Mutter. Das ist vermutlich der Grund dafür, dass wir die tyrannische Nastacia ertragen können. Nur Christopher ist eine Ausnahme – dessen Mutter ist eine liebe, einfache Frau, die ihm nie viel Stress gemacht hat. Dafür war sie allerdings die Geliebte seines verheirateten Vaters. Deshalb quält er sich damit, dass seine beiden Halbbrüder einen vermeintlich viel besseren Start ins Leben gehabt haben.

So ist das eben unter Schauspielern: In der Regel haben wir alle irgendeinen Dachschaden. Vermutlich können wir uns deswegen so gut in andere Leute hineinversetzen und in neue Rollen schlüpfen.

Ein paar Kölschrunden später kommt die neue Kellnerin an den Tisch. „Kann ich euch noch was bringen? Wir machen gleich zu."

„Nein", sagt Felix brüsk.

„Doch, gerne", sage ich und werfe ihm einen tadelnden Blick zu. „Mach uns noch zwei Kölsch", sage ich, und lächle besonders charmant, um Felix' unfreundliche Reaktion auszugleichen.

„Bist du bescheuert?", frage ich, als sie sich zur Bar hin entfernt. „Lern' die doch erst mal kennen, bevor du sie auflaufen lässt!"

„Ach, die will doch eh lieber was Solides", mutmaßt er.

„Oder vielleicht will sie gar nichts. Aber das ist ja alles kein Grund, sie nicht mal kennenzulernen", zische ich, etwas leiser, denn jetzt kommt sie schon wieder zurück.

„Gefällt's dir hier?", frage ich.

Sie guckt irritiert.

„Wir sind hier fast jeden Abend. Anita hat uns erzählt, dass du neu bist", erkläre ich. „Deswegen: Gefällt es dir?"

„Ach so." Sie lächelt, und, muss man zugeben, ziemlich süß. „Ja. Aber ich mache das hier nur vorübergehend. Eigentlich studiere ich."

„Was denn?", frage ich, um das Gespräch am Laufen zu halten, während Felix stumm dasitzt wie ein Trottel.

„Medizin", sagt sie.

„Echt? Das hat mein Freund hier auch studiert."

Mein Versuch, Felix in ein Gespräch mit ihr zu verwickeln, droht erneut zu scheitern, denn von ihm kommt keine Reaktion. Aber jetzt spricht sie ihn direkt an. „Echt? Und in welcher Fachrichtung praktizierst du jetzt?"

Zum ersten Mal schaut er ihr direkt ins Gesicht. „Ich habe die Medizin aufgegeben", sagt er unfreundlich. Ohne weitere Erklärung. Ich seufze innerlich.

Dieses Spiel sehe ich jetzt zum dreihundertsten Mal.

„Wenn du sie interessant findest, fang du doch was mit ihr an", sagt er draußen, als wir langsam nach Hause gehen. Dabei sollte er wissen, dass es darum echt nicht geht.

„Ich finde sie nicht für mich interessant. Ich finde sie zu jung und auch zu … zu sehr Mädchen. Außerdem will ich keine Beziehung. Das hatte ich alles schon, und was ich ganz sicher nicht will, ist, mit fast 50 noch einmal Vater zu werden. Aber du, du bist 34 und willst das alles. Also sieh dich halt um. Die war doch ganz nett. Coole Ausstrahlung, hübsch, klug ..."

Mit einer Handbewegung wischt er, was ich sage, weg. „Von mir will eh keine

Frau was. Lassen wir das einfach."

Ich merke, dass er kurz davor ist, sauer zu werden, also halte ich den Mund. Wir sind sowieso jetzt am Merzenich angekommen, hier trennen sich unsere Wege. „Na dann … schlaf gut!" Ich klopfe ihm nochmal auf die Schulter und steuere dann nach Hause. Mann-oh-Mann. Träumt von einem Baby, das Locken hat wie seine Mutter, aber will keine Frau ansprechen. Felix ist mein bester Freund, aber das muss ich sagen, er ist auch ganz schön kaputt!

Kapitel 6

Beim Aufstehen merke ich, dass heute ein guter Tag werden könnte. Erstens weckt mich kein idiotischer Anruf. Zweitens ist der Himmel strahlend blau, und drittens habe ich heute frei, denn Probe ist erst morgen wieder, und im Theater gibt es heute Ibsens „Nora" – da spiele ich nicht mit.
Entspannt schlürfe ich meinen Kaffee und überlege, wie ich die Zeit verbringe, bis ich nachher Arthur treffe.

Während ich eine Banane ins Müsli schneide, fällt mein Blick auf eine Benachrichtigung von der Post, die ich gestern Nacht noch aus dem Briefkasten gezogen habe. Ach ja richtig, die Bettlaken.
Ich mache mich auf den Weg zur Nachbarin, um sie abzuholen. Frau Pütz ist eine robuste Frau von der Sorte, die man ihr Leben lang als „mittleren Alters" einstuft. Sie arbeitet im Schreibwarenladen um die Ecke, und ihr Mann ist Elektriker. Ich habe nicht viel mit den beiden zu tun, mag sie aber. Sie sind ein angenehmer Gegenpol zur neuen Südstadtschickeria.
Als Frau Pütz mich sieht, grinst sie ungeniert. „Na, haben Sie sich was bestellt?", fragt sie anzüglich.

Ich sehe die Kartons an. „Sleeping dreams", steht auf dem einen. „Pure heaven" auf dem anderen. Ich werde etwas verlegen. Wenn ich jetzt erkläre, dass es Bettlaken sind, wird die Sache vermutlich nur noch peinlicher. „Vielen Dank jedenfalls, dass Sie die Sachen für mich angenommen haben. Ich hoffe, sie waren nicht im Weg", stammele ich.

„Gar nicht", sagt sie gedehnt und mustert mich ungeniert. „Wie geht es Ihnen denn so? Ich habe ja lange nichts mehr von Ihnen gehört."

Sie blickt zur Decke, in Richtung des Schlafzimmers. Das wird mir jetzt wirklich zu dumm. „Ich wünsche Ihnen noch einen schönen Tag! Leider muss ich los. Arzttermin!", bringe ich hervor – und könnte mich gleich darauf ohrfeigen. Arzttermin? Ich kann ihr ansehen, wie das ihre schmutzige Fantasie noch mehr beflügelt. „Hmmm", macht sie nur.

Ich nehme die Pakete, und eines fällt mir erst mal mit viel Getöse die Treppe runter. Ein paar Minuten später, die sich wie eine Ewigkeit anfühlen, habe ich es zurück in meine Wohnung geschafft.

Na toll. Erst mal vor der größten Klatschtante im Haus zum Deppen gemacht. Fantastisch. Ich hoffe, dass jetzt wenigstens die Laken in Ordnung sind!

Felix ruft an.

„Ich hab nochmal über gestern nachgedacht", meint er.

„Okay", sage ich, immer noch damit beschäftigt, eines der neuen Laken auf meiner großen Matratze glattzuziehen. „Worüber genau?"

„Die Kleine im Vrings-Eck. Die ist ja schon ganz süß."

Oha. Ich lasse vom Laken ab und höre jetzt etwas aufmerksamer zu. „Wir könnten sie doch fragen, ob sie mal in die Vorstellung kommen will", schlägt er vor.

„Klar!", stimme ich zu. „Vielleicht arbeitet sie ja heute Abend. Wir können uns dort treffen, wenn du fertig bist."

„Findest du das nicht zu aufdringlich?", fragt er.

Manchmal kommt er mir wirklich vor wie ein Autist. „Naja, nachdem du sie gestern so auflaufen lassen hast, sollten wir vielleicht erst nochmal ein normales Gespräch mit ihr führen. Aber so schwer sollte das ja nicht sein. Sie kellnert in unserer Stammkneipe, also ..."

„Du hast Recht", stimmt er mir erleichtert zu. „Nichts überstürzen. Aber wir gehen mal hin, reden ein bisschen ... ja, cool. Danke."

„Gerne." Kopfschüttelnd lege ich auf. Mann, Mann, Mann. Wie unbeholfen kann man eigentlich sein? Aber ich fühle mich auch gebauchpinselt, wenn ich ehrlich bin. Ich mag das Gefühl, einen kleinen Bruder zu haben. Das ist irgendwie cool.

Inzwischen habe ich das Laken ringsum festgestopft. Ich lege mich aufs Bett, drehe mich ein paar Mal, stehe auf und hüpfe auf der Matratze. Jetzt wird es sich gleich zeigen!

Und?

Na toll. Ich wusste es! Das ist genauso beschissen wie die anderen 638 Stück, die ich schon getestet habe. Ich meine, wer will morgens einen Faltenabdruck im Gesicht haben, weil das Bettlaken nicht sitzt? Ich packe es gleich zurück in den Karton. „Pure heaven", ist klar. „Sleeping dreams" ist leider genauso eine Enttäuschung. Wie schon so oft, mache ich die Retoure-Scheine fertig und lege die Pakete an die Tür.

Ein Blick auf die Uhr zeigt mir, dass es noch nicht mal zwölf ist. Also noch ewig Zeit, bis ich um 17 Uhr mit Arthur verabredet bin.

Ich entscheide mich, zum Sport zu gehen. Auf dem Weg dahin komme ich am Kiosk vorbei, da kann ich gleich die Pakete mitnehmen. Also breche ich auf.

„Hendrik, mein Freund!"

„Murat! Was geht?"

„Wallah, Alter, bald packe ich meine Koffer!"

Das höre ich von Murat schon ungefähr genauso lange wie er von mir Pakete entgegennimmt, die ich zurückschicke. Er blickt auf die Kartons in meinen Händen.

„Wieder nicht das Richtige?", fragt er.

Ich schüttele frustriert den Kopf.

„Alter, Alter … für mich ist das hier auch nichts mehr. Nur noch ein paar Jahre…"

Murat hat von seinem Vater ein Büdchen übernommen. Ursprünglich war es eines dieser wunderbaren Büdchen, hinter denen sich leere Pfandkisten stapeln, aus denen man heimlich Flaschen klauen kann, um sie vorne am Büdchenfenster wieder abzugeben. Als Kinder haben wir damit so manche bunte Tüte verdient, und Murat immer dabei. Wir kennen uns schon seit der Grundschule.

„Kaffee?", fragt er und schiebt mir ein kleines, bunt bemaltes Mokka-Glas rüber, ohne eine Antwort abzuwarten.

„Danke", sage ich, und stelle mich auf jede Menge Zucker ein. Murats Kaffee ist, wie immer, saustark und sausüß. Aber ich freue mich trotzdem drüber. Wir trinken schweigend und gucken raus in die enge Gasse. Vor einigen Jahren wurde das Büdchen abgerissen. Es hatte auf einem verwilderten Grundstück gestanden, das irgendwie in Vergessenheit geraten war, nachdem man im Krieg die letzten Trümmer davon abgeräumt hatte. Heute gibt es solche Ecken nicht mehr. Schade. Jetzt steht dort ein moderner, beigefarbener Komplex mit Eigentumswohnungen und Büros.

Murat zog damals um in ein kleines Ladenlokal, ein paar Straßen weiter. Hier gibt ein normales Klo, eine Heizung – und das Pfand kann er im Keller einschließen. Aber glücklicher hat ihn das nicht gemacht; ganz im Gegenteil.

Eine junge Frau wuchtet die Ladentür auf. Sie schiebt einen Kinderwagen vor sich her wie einen Rammbock. Im Haar stecken zwei Spangen mit grellroten Plastikkirschen. Das kleine Mädchen, das im Rambock sitzt, trägt ein identisches Paar, das es sich gerade aus seinen dünnen, blonden Strähnchen zieht.

„Haben Sie zimmerwarme Soja-Milch?", fragt die Kirschenfrau.

Murat schüttelt den Kopf. „Tut mir leid."

Die Kirschenfrau seufzt. „Hafermilch vielleicht?"

Wieder muss Murat passen.

„Ich habe Durst", heult jetzt das Kind.

Murat greift nach einer Capri-Sonne, aber die Mutter macht eine hektische Bewegung, um ihn daran zu hindern, das Trinktütchen ins Sichtfeld ihrer Tochter zu heben.

„Wo denken Sie hin?", zischt sie empört, dreht sich auf dem Absatz um und zerrt den Kinderwagen hinter sich her.

Wir sehen uns an.

„Wallah, Alter ...", murmelt er.

Ich wünschte, ich hätte auch Familie in Anatolien, zu der ich auswandern könnte. Leider ist das nicht der Fall. Stattdessen fällt mir mein Sohn wieder ein. Damit ich pünktlich bei ihm in Hennef bin, muss ich jetzt zum Sport. Ich trinke den süßen Kaffee aus, bedanke mich bei Murat und steuere das Sportstudio an.

Plötzlich sind drei Stunden um. Wie ist das jetzt passiert? Ich muss vor der Sauna eingeschlafen sein. Eigentlich wollte ich nur kurz die Augen zumachen. Angesichts der vielen, im Intimbereich bisweilen ekelhaft tätowierten Schwulen, die in mein Sportstudio gehen, ist das manchmal auch das Beste, was man tun kann. Aber heute bin ich dabei in einen ungeplanten Tiefschlaf gefallen. Ich schaffe es gerade noch, mich zu duschen, anzuziehen und nach Hause zu radeln. Ich tausche Fahrrad gegen Auto und hetze mich durch den Feierabendverkehr Richtung Westerwald.

Kapitel 7

„Schneller kommt keiner", steht als sinniger Werbespruch auf der großen Tafel des Burgerladens, den Arthur als Treffpunkt vorgeschlagen hat

„Hi", begrüßt mich ein gut gelaunter Typ Mitte 40, kaum, dass ich durch die Tür getreten bin. „Darf ich eine Empfehlung machen? Heute bei uns besonders gut: der Sieg-Burger. Wir servieren ihn mit Fritten und frischem Caesar-Salat. Der beste weit und breit!"

Wahnsinnig originell, denke ich.

Er drückt mir eine Karte in die Hand. „Trip-Advisor", steht darauf. „Bewerte uns im Internet! Wir sind meist an oberster Stelle, aber wir freuen uns trotzdem über jeden weiteren netten Kommentar!" Er strahlt wie eine Colgate-Werbung aus den 80er Jahren.

„Darf ich erst mal reinkommen?", frage ich. Den leicht gereizten Unterton scheint er vor lauter Jovialität gar nicht zu bemerken. Da ich inzwischen Arthur an einem der Tische erspäht habe, schiebe ich den Colgate-Typen kurzerhand zur Seite und gehe zu meinem Sohn. Er sitzt mit dem Rücken zur Tür und daddelt irgendwas an seinem Handy.

Kurz halte ich inne und beobachte ihn. Ich hätte nicht gedacht, dass es sich so anfühlt, Kinder zu haben! Immer wieder ertappe ich mich in diesen total emotionalen Momenten voller Stolz und Rührung. Sein breites Kreuz, die Haare, die er lässig zur Seite geworfen hat – und das war der kleine Junge, dem ich Tischtennis und Fußball spielen beigebracht habe. Wahnsinn.

Anscheinend spürt er meinen Blick, denn er dreht sich um. „Hi, Dad", grinst er. Vor einem halben Jahr bin ich von „Papa" zu „Dad" befördert worden. Wobei ich gar nicht sagen kann, ob das ein Schritt nach vorne ist oder nicht. Heißt es, dass ich cool bin? Oder brauche ich einen cooleren Namen, damit man nicht so schnell merkt, dass ich es eben gerade nicht bin? Ich merke, dass es immer schwerer wird, den jugendlichen Wertekanon nachzuvollziehen. Die räumliche Entfernung macht es nicht gerade einfacher.

„Hi, Arthur", entgegne ich und nehme Platz. Er hat schon bestellt; vor ihm steht die Empfehlung des Colgate-Typen. Dazu eine Cola mit Eiswürfeln.

„Weiß Mama, dass wir hier sind?", frage ich vorsichtig. Ich erinnere mich an Situationen, in denen mein Anrufbeantworter so umfangreich voll war mit den Wutausbrüchen meiner Ex-Frau, die Burger und Cola ganz und gar nicht im Speiseplan vorgesehen hatte, dass weitere Anrufe an solchen Tagen nicht mehr aufgezeichnet werden konnten.

Arthur gibt einen undeutlichen Laut von sich und beißt in den Burger. Nur nicht so gesprächig, denke ich, während er kaut.

„Hast du viel zu tun im Moment?", fragt er schließlich.

Ich zucke die Schultern. „Normal." Mit einem Winken bestelle ich beim Colgate-Mann ein Wasser. Der verbirgt seine Enttäuschung nur schlecht, nickt aber.

„Ich meine nur, weil du gestern keine Zeit hattest."

Irritiert sehe ich meinen Sohn an. „Ich habe doch oft abends Vorstellung!"

Er nickt. „Klar. Das ist cool. Cool, wenn du gut zu tun hast." Arthur lächelt, als hätte er es sich beim Colgate-Kellner abgeguckt.

Irgendwas an diesem Gespräch läuft komisch.

„Arthur – ist alles okay bei dir?", frage ich. „Ich meine nur. Seit wann interessierst du dich für so was?"

Er macht eine ausholende Handbewegung, die in etwa alles heißen kann. „Man wird ja älter", sagt er.

Mit zusammengezogenen Augenbrauen mustere ich ihn. Er hat ein paar Pickel, ist aber trotzdem ziemlich hübsch mit seinen großen, blauen Augen. Älter sieht er tatsächlich aus, deutlich älter als der Junge, der sich noch vor einem halben Jahr zum Geburtstag Phantasialand-Tickets für sich und seine Freunde gewünscht hat.

„Stimmt", sage ich also nur, und warte erst mal ab.

„Verdient man als Schauspieler gut?", fragt er.

„Überlegst du, ob das was für dich ist?", frage ich zurück. Die Art, wie sich seine Augen weiten, zeigt mir: wohl eher nicht! Trotzdem sagt er: „Ich denke drüber nach. Also, verdient man gut?"

Was heißt gut, wenn man 14 ist, überlege ich. Und was heißt „gut verdienen" überhaupt? Und: Ist meine Karriere überhaupt maßgeblich?

„Naja, es gibt Unterschiede. Ich weiß es nicht genau, aber ich glaube, Brad Pitt kriegt mehr raus als ich", sage ich.

Schlapper Witz. Ich kann Arthur nicht verübeln, dass er sich nicht damit abspeisen lässt. Aber will er jetzt wirklich wissen, was ich am Ende des Monats auf dem Konto habe?

Nachdem wir eine Weile um den heißen Brei geredet haben, rückt er mit der Sprache raus. „Ich meine, könnte ich vielleicht etwas mehr Taschengeld kriegen?"

Deswegen bin ich jetzt also an meinem freien Nachmittag durch den Feierabendverkehr in den Westerwald gekurvt? Na schön, ich nehme an, das gehört mit zum Paket, wenn man die Elternschaft bestellt. Ich erinnere mich an meine Jugend. Immer zu wenig Geld. Aber auch: immer auf der Suche nach irgendwelchen Jobs!

„Könntest du nicht irgendwas arbeiten?", frage ich.

„Ich hätte ja nicht gedacht, dass du so geizig bist", empört Arthur sich.

40

Also, das finde ich nun wirklich ungerecht! „Ich bin nicht geizig", korrigiere ich ihn: „Ich möchte, dass du lernst, deine Probleme selbst zu lösen. Das ist ein großer Unterschied. Wenn es dann nicht klappt, kannst du mich ja immer noch fragen."

Es ist unschwer zu erkennen, dass er das für klassisches Spießertum in Reinform hält. Er macht sich nicht einmal die Mühe, eine Antwort zu geben. Also lege ich nach.

„Es gibt doch vieles, was du tun könntest!"

Jetzt glaubt er die Argumente sicher auf seiner Seite. „Was denn? Ich wohne am Arsch der Welt, seitdem du dich von Mama getrennt hast!"

Ich sehe ihn nur an. „Ganz schwacher Versuch", sagt mein Blick. Ich habe mich zwar von seiner Mutter getrennt, aber ich habe bestimmt nicht ausgesucht, dass er jetzt hier in einem Kaff lebt. Und im Übrigen: Selbst hier kann man den einen oder anderen Job finden.

„Da vorne ist ein Autowasch-Center. Nachhilfe braucht man in jeder Schule. Und so viel Rasen, wie hier in den Vorgärten wächst, muss auch erst mal gemäht werden", zähle ich auf.

„Ist doch Kacke!" Er rollt die Augen.

Langsam werde ich echt sauer. Von mir aus soll er „Kacke" sagen. Aber er soll nicht so eine verblödete Einstellung bekommen, dass einem im Leben alles geschenkt wird. „Kacke ist, wenn man von seinen Eltern alles bezahlt bekommt! Wofür brauchst du überhaupt mehr Geld?"

Er guckt nur. Verschlossen, wie nur 14-jährige Jungs verschlossen sein können.

„Mädchen?", rate ich. War in seinem Alter definitiv ein großer Kostenpunkt auf meiner Ausgaben-Liste. Aber auch das scheint sich geändert zu haben.

„Mädchen?", fragt er verdutzt.

Vielleicht ist er ja auch schwul, überlege ich. Wie machen das eigentlich die Schwulen? Die müssten ja vermutlich genauso verunsichert sein wie heute die

Typen, die mit Frauen ausgehen. Lädt man da nun ein, oder nicht?

Aber bei Arthur scheint ein Groschen gefallen. „Ja, Mädchen", grinst er jetzt, und scheint fast ein bisschen erleichtert. „Genau! Cola, Burger – du siehst ja, was das hier kostet!" Er deutet zu den leeren Tischen, über denen „Schneller kommt keiner"-Schilder von der Decke baumeln. Als mein Blick auf sie fällt, erinnere ich mich auch an das Wasser, das ich vor fast einer halben Stunde bestellt habe. Ob der Typ es vergessen hat? Naja, ist auch wurscht.

„Geht ihr gerne hierhin?", frage ich, nicht mehr sauer. Es ist cool, den Ort zu sehen, an dem mein Sohn Mädchen ausführen will. Ich sollte ihn darin unterstützen. Ich möchte, dass er ein richtig gutes Image unter seinen Leuten hat.

Er schaut sich um, als sähe er den Laden zum ersten Mal richtig. Auch sein Blick bleibt jetzt an den Werbetafeln hängen. Seine Wangen färben sich rosa. „Ja, weißt du … die liefern auch. Die Jungs und ich bestellen hier regelmäßig nach dem Training."

Jetzt bin ich verwirrt. Also doch Jungs?

„Du kannst es mir sagen, wenn du schwul bist", sage ich offensiv. „Ich meine, hey, ich bin Künstler und lebe mitten in der Kölner Südstadt. Ein schwuler Sohn kann mich doch nicht schocken!"

Er stellt die Farbe um von Rosa auf Purpur. „Mann, Dad, du bist peinlich", sagt er.

Ein bisschen beleidigt halte ich die Klappe. Er scheint sich an den Grund für unser Treffen zu erinnern. „Also, kriege ich jetzt die Taschengelderhöhung?"

Eltern sein ist manchmal echt ein Drecksjob. Man kriegt nicht das leiseste bisschen Vertrauen geschenkt, soll aber zahlen.

„An wie viel hattest du denn gedacht?", frage ich probehalber. „Nein" kann ich ja immer noch sagen.

„So … 100 Euro. Oder 150", sagt er. Ich verschlucke mich an meinem Wasser, dass der Colgate-Mann mir inzwischen wortlos vorgesetzt hat.

„Du meinst 100 Euro mehr als jetzt? Oder 100 Euro insgesamt?" Beides erscheint mir viel zu viel.

„Naja, zusätzlich", sagt er achselzuckend. „Und 150 wären besser."

Ich versuche, mein anfängliches Gefühl von Rührung und Vaterstolz wiederzubeleben, aber es will mir nicht gelingen. Ich bin einfach nur sauer.

„Du kriegst doch schon 50 Euro im Monat", halte ich ihm vor.

„60", kontert er ungerührt: „Aber das reicht halt hinten und vorne nicht."

Ich bin drauf und dran, den Laden zu verlassen, ohne überhaupt auch nur seinen Burger zu bezahlen. Aber das erscheint mir dann doch etwas hart.

„Wir machen's so", kürze ich die Diskussion ab: „Erst mal spreche ich mit deiner Mutter. Ich möchte wirklich wissen, was sie von deinen Vorstellungen hält! Das Äußerste, was ich mir vorstellen kann, ist das: Du suchst dir einen Job. Und zu jedem Euro, den du verdienst, kriegst du von mir 50 Cent dazu.

Er schaut mich an mit der ganzen Verachtung der Jugend. Kein gutes Gefühl.

Dennoch: Wenn die Zuneigung meines Sohnes derzeit nur für 150 Euro im Monat zu haben ist, verzichte ich einfach mal zeitweise drauf.

Kapitel 8

Geladen und sauer lege ich die 40 Kilometer von Hennef bis zur Südstadt in 20 Minuten zurück. Praktischerweise wird gerade vor meiner Tür ein Parkplatz frei und ich sichere ihn mir. Da klopft es an die Beifahrerscheibe.

„Ich hatte da schon gewartet!", sagt anklagend eine sommersprossige Frau, die ihre roten Haare zu zwei dünnen Zöpfen gebunden hat. Um den Hals trägt sie eine lange Kette aus bunten Holzperlen, dazu ein T-Shirt mit Muffins und Törtchen darauf. Sie zeigt zu einem SUV, der vor einer Einfahrt steht. Auf der

Rückbank schlagen sich zwei Kinder mit schillernden Pferdchen in Regenbogenfarbe die Köpfe ein.

„Sie parken eine Einfahrt zu", sage ich nur, steige aus und steuere auf meine Haustür zu.

„Hey!", schimpft sie – wütend und hilflos zugleich.

Ich lasse die Haustür ins Schloss fallen und stapfe die Treppe hoch. Oben nehme ich mir ein Bier aus dem Kühlschrank, den ich nicht leiden kann, und mache es in einem Zug halbleer, werfe mich im Schlafzimmer aufs Bett und starre die Wand an.

Ich bin sauer auf meinen Sohn, der anscheinend gerne nichts tun, aber Puderzucker in den … ich sag's jetzt nicht, aber: ja, genau – DA rein geblasen bekommen möchte.

Ich bin sauer, weil ich so wenig von seinem Leben mitbekomme und nicht weiß, warum er plötzlich so viel Geld braucht.

Ich bin sauer auf die Südstadt-Mamis, die sich wie kleine Mädchen oder Hippies anziehen, dabei aber die SUVs ihrer Männer spazieren fahren – mit Kindern auf der Rückbank, die in ein paar Jahren – na, was? Genau! Puderzucker in den Arsch geblasen bekommen möchten.

Ich bin sauer auf mich selbst, weil ich meinen Frust an einer hilflosen Tussi ablasse und ihr den Parkplatz wegschnappe, obwohl ich jetzt nur auf dem Bett liegen, Bier trinken und auf das Ende von Felix' Vorstellung warten muss, während sie offensichtlich noch ihre Brut ins Bett stecken muss.

Ich bin sauer, weil die Südstadt nicht mehr ist, was sie mal war.

Mit geschlossenen Augen erinnere ich mich an den Hinterhof, in dem wir als Kinder spielten. Es war der Innenhof von 20 Häusern; nach vier Seiten abgeschlossen. Wir versteckten uns hinter oder auch mal in den Mülltonnen, machten uns einen Spaß daraus, die Wäsche auf den langen Leinen zu vertauschen. Wir spielten lautstark Cowboy und Indianer, ließen uns von Teppichstangen baumeln und schissen drauf, wenn der alte Katschmarek angehumpelt kam und uns mit seinem Krückstock drohte. Die Treppenhäuser rochen miefig-lecker-heimelig nach Kohleintöpfen, feuchter Wäsche und Keller.

Meine Mutter wetterte wöchentlich über die Löcher, die ich mir in die Hosen riss, aber sie flickte sie trotzdem. Und wenn sie gut drauf war, gab es sonntags Kuchen. Mein Vater arbeitete viel, hatte trotzdem immer zu wenig – aber wenn ich ein paar Mark brauchte, durfte ich ihm helfen, ein paar Bretter zurecht zu sägen oder Schränke zu verschrauben und bekam was dafür.

Es war eine geile Zeit.

Da ich immer noch eine gute Stunde überbrücken muss, beschließe ich, meinen Vater anzurufen. Nach dem dritten Klingeln hebt er ab.

„Hallo?", ruft er ins Telefon. Er klingt irgendwie ungehalten.

„Hallo Papa", sage ich. „Wie geht's?"

Es gibt eine kurze Pause. „Papa?", frage ich.

Jetzt lacht er auf. „Oh, viel zu tun, viel zu tun", sagt er leichthin.

„Was denn?", frage ich. „Immerhin bist du Rentner."

Jetzt lacht er richtig. „Der war gut!", ruft er vergnügt.

Ich schüttele den Kopf. Im Alter werden die Leute seltsam.

„Wie geht's denn selbst?", will er jetzt wissen.

„Och, ganz gut", lüge ich. Irgendwie will ich gerade nicht über den Ärger mit Arthur sprechen.

„Ich muss mal aufhören", sagt er nun: „Ich habe hier noch sauviel zu tun. Die Kunden treten mir schon auf die Füße. Also – war nett, dass du dich gemeldet hast!" Damit legt er auf.

Ich stutze. Welche Kunden?

Aber bevor ich so richtig drüber nachdenken oder ihn nochmal anrufen kann, klingelt es schon wieder. „Hier ist das Mafo-Institut für Markt- und Meinungsforschung, und wir hätten gerne mit demjenigen gesprochen, der in ihrem Haushalt zuletzt Geburtstag hatte", schnarrt eine gelernt freundliche, junge Männerstimme mir ins Ohr.

Das hat mir jetzt noch gefehlt. „Ist verstorben", sage ich und lege auf.

Was für Kunden meinte mein Vater? Ich rufe ihn nochmal an, aber jetzt ist besetzt. Na, dann kann ich auch nichts machen. Außerdem ist es so langsam Zeit. Ich trinke das Bier aus und gehe los.

Im Vrings-Eck hockt Felix bereits an der Theke.

„Wie war die Aufführung?", frage ich.

Er macht eine Bewegung mit Kopf und Schultern, die alles heißen kann. „Ich glaube, die hat mich nicht wiedererkannt", meint er missmutig mit Blick auf die neue Kellnerin.

„Vielleicht wollte sie auch nicht", sage ich und sehe in ihre Richtung. Sie scheint den Blick zu spüren, dreht sich um und lächelt mich an. Ich zwinkere ihr zu und zeige mit einer Geste auf Felix' Kölsch, dass ich auch gerne eins hätte.

„Bitte sehr", strahlt sie mich an, als sie zwei Minuten später das Kölsch bringt.

„Danke. Und, wie ist der neue Job?", frage ich sie.

Sie nimmt sich ein Handtuch und fängt an, die Gläser abzutrocknen, die in Höhe unserer Sitzplätze an der Theke stehen. „Oh, ganz okay! Die Leute sind nett. Meistens", dabei wirft sie einen vernichtenden Blick in Richtung Felix, schickt dann aber gleich wieder ein süßes Lächeln in meine Richtung. „Momentan kann ich aber nur zwei Schichten in der Woche machen, ich muss dieses Semester viel lernen", sagt sie.

„Das klingt ja fast, als würdest du es bedauern", entgegne ich herausfordernd. Sie grinst verschmitzt, sagt aber nichts.

„In welchem Semester bist du denn eigentlich?", frage ich sie. „Viertes", antwortet sie. „Vorher habe ich eine Ausbildung zur Sanitäterin gemacht, weil ich auf einen Studienplatz warten musste." Inzwischen sind alle Gläser abgetrocknet. Sie bleibt trotzdem stehen.

Felix wirft mir von der Seite her einen seiner Wie-machst-du-das-nur-Dackelblicke zu.

„Also, ich finde es ganz schön anspruchsvoll, dass du neben dem Studium noch arbeitest. Da bleibt bestimmt nicht viel Zeit fürs Privatleben", klinkt er sich jetzt ins Gespräch ein.

Sie schaut ihn abschätzig an. „Naja, so anspruchsvoll ist es auch nicht. Es gibt auch viele Trottel, die Medizin studieren", antwortet sie schnippisch, knallt das Handtuch wie einen Feudel auf die Theke, dreht sich um und geht.

Belämmert guckt er ihr hinterher. Ich trinke schnell, damit er nicht sieht, dass ich grinsen muss. Ich weiß, das ist nicht super – aber so eitel bin ich dann eben doch. Ich finde es cool, wenn eine Frau auf mich mehr abfährt als auf meinen deutlich jüngeren besten Freund. Bis ich Grund zur Midlife-Crisis habe, bleiben mir anscheinend noch ein paar Jahre.

„Du bist ein Arsch", sagt Felix jetzt zu mir. „Ich wünschte, ich wäre du."

Nach einem kurzen Hochgefühl holt mich die Realität ein. „Wünsch es dir nicht", sage ich. „Dann hättest du nämlich einen gestörten Vater und einen gestörten Sohn. Als wäre nicht eines davon schon beschissen genug."

Er guckt mich erstaunt an. „Was ist denn passiert?"

„Ach." Ich erzähle von Arthur und seinen völlig überzogenen Vorstellungen.

„Tja. Vielleicht sind die Mädels heute anspruchsvoller, und da muss man halt was auffahren, wenn man eine beeindrucken will. Auch schon mit 14 oder 15", spekuliert er.

„Ist doch Blödsinn", antworte ich.

„Also, mitmachen würde ich das auch nicht. Aber ich finde es auch nicht dramatisch. Ignoriere ihn halt einfach", empfiehlt er.

Der hat gut reden. Meinen Sohn ignorieren, den ich eh schon kaum zu Gesicht bekomme. Klingt für mich nicht nach einem guten Plan. Aber momentan beschäftigt mich das komische Verhalten meines Vaters stärker, deswegen lasse ich das Thema Arthur auf sich beruhen und erzähle, dass ich jetzt schon zum zweiten Mal ein höchst seltsames Telefonat mit meinem Vater hatte.

Felix, der eben noch mit krummem Rücken auf dem Barhocker lümmelte, strafft die Schultern und schaltet sofort um in eine Art Arztmodus. „Ist dir so etwas früher schon aufgefallen? Wie sieht seine Wohnung aus?"

„Etwas chaotisch", antworte ich, und schildere die Begegnung neulich, als ich dort war.

Felix legt die Stirn in Falten. „Du solltest mit seinem Hausarzt sprechen", meint er. „Könnten die Anfänge einer Demenz sein. Hast du eigentlich eine Vollmacht von ihm?"

„Was für eine Vollmacht?"

„Am besten wäre eine Generalvollmacht. Dann kann kein Fremder euch reinpfuschen, falls er nicht mehr geschäftsfähig ist", erklärt er mir.

Das geht mir jetzt aber zu weit. „Warum soll er nicht mehr geschäftsfähig sein?", frage ich sauer. „Guck doch dich mal an! Du kriegst es nicht mal hin, eine Frau so anzusprechen, dass sie nicht das Weite sucht. Dich schleppe ich ja auch nicht gleich zum Arzt." Okay, das war irgendwie unter der Gürtellinie. Ist mir aber egal. Seitdem meine Mutter gestorben ist, bin ich sehr empfindlich bei der Vorstellung, dass auch mit meinem Vater irgendwas passieren könnte.

Ich muss sagen, es spricht für Felix, dass er cool bleibt. „Hendrik, ich will dir nix. Wenn überhaupt, will ich dir helfen. Und verhindern, dass dein Vater sich in irgendeine Katastrophe manövriert."

Ich bekomme ein fieses Gefühl in der Magengegend. Die Wendung, die dieses Gespräch genommen hat, gefällt mir gar nicht. Also starre ich in mein

Kölschglas, das inzwischen leer ist, und sage nichts mehr.

Felix wendet den Blick nicht von mir ab. „Dass du einfach plötzlich verstummst und vor dich hin stierst, kenne ich schon. Damit gewinnst du gar nichts."

Ich zucke die Schultern, unfähig, ein Wort zu sagen. Ohne, dass ich es steuern könnte, tauchen Bilder von der Beerdigung meiner Mutter vor meinem inneren Auge auf. Mein Vater, der irgendwie abwesend dreinsieht. Einzelheiten, die ich lange verdrängt habe. Mein Vater, der an meiner Jacke zieht, noch bevor der Sarg in die Erde gelassen wurde, und sagt: „Wir sollten die Trauernden jetzt in Ruhe lassen und gehen."

Meine Tante, die meinem Vater am offenen Grab die Hand schüttelt und sagt: „Mein herzliches Beileid zum Tod deiner lieben Frau." Ein betroffener, überraschter Ausdruck auf dem Gesicht meines Vaters. Sein leises Murmeln. „Meine Frau ist tot?"

Ich versuche, die Erinnerungen abzuschütteln. „Was ist jetzt mit dir und der Kellnerin? Muss ich dich an der Hand nehmen und nach ihrer Nummer fragen?", will ich gereizt wissen.

Felix sieht mich mitleidig an und macht mich damit nur noch wütender.

Ich greife nach meiner Jacke und knalle einen 5-Euro-Schein auf den Tisch. „Reicht mir für heute", sage ich, springe auf und verlasse das Vrings-Eck. Was für ein völlig ätzender Tag. So kann man sich täuschen, wenn man morgens aufwacht.

Kapitel 9

Es vergeht eine Woche ohne besondere Vorkommnisse. Das bedeutet: Felix verliebt sich zweimal neu. Es trifft eine Sportstudentin, die in seinem Fitnessstudio arbeitet, und eine Rechtsanwältin, die er über Parship kennengelernt hat. Dann fällt ihm aber ein, dass vermutlich die Sportstudentin lieber einen Typen mit Waschbrettbauch hätte, und der Anwältin traut er nicht zu, dass sie sich in einen schauspielernden Arzt verlieben könnte. Also entliebt er sich wieder, und unserem gewohnten Alltag zwischen Bühne und Vrings-Eck steht nichts weiter im Weg.

Arthur meldet sich nicht. Der ist wohl sauer. Stattdessen ruft Susanne an, meine Ex-Frau. Sie beschimpft mich, dass ich geizig bin und droht, mein Einkommen prüfen zu lassen. Wegen möglicher höherer Unterhaltszahlungen. Ich sage, dass es darum nicht geht, aber dass ich mir Sorgen um Arthurs charakterliche Entwicklung mache, wenn er zum verwöhnten Pudel heranwächst. Da legt sie auf.

Bei einem Verkaufssender entdecke ich ein Angebot für knitterfreie Viskosebettlaken. Ich bestelle zwei Stück, in Schwarz und in Weiß. Aber natürlich ist auch das nur wieder ein Betrug von korrupten Geschäftemachern gewesen. Ich streite mich mit einer Tussi am Kundentelefon herum, lasse mich zu ihrem Chef durchstellen, beschwere mich ein zweites Mal und setze schließlich durch, dass sie den Schrott zurücknehmen, ohne dass ich Versandkosten zahlen muss. Die spinnen wohl!

Im Theater bringt Marius erneut Florence zum Heulen. Das macht mich inzwischen echt wütend. Ich meine, wir sind zwar seit Jahrzehnten Freunde, aber Florence ist für mich wie eine kleine Schwester, und ich will sie beschützen. Als ich sie schon wieder in Tränen aufgelöst sehe, verliere ich die Fassung.

„Pack doch einfach deinen Koffer! Es wird dich hier keiner vermissen", brülle ich ihn an.

Giftig schnaubt er, dass das Hinterhoftheater wohl froh sein könne, so einen erfolgreichen Darsteller wie ihn an Land gezogen zu haben.

„Ach ja?", halte ich ihm vor. „Genau. Du warst mega erfolgreich. So erfolgreich, dass du zwanzig Jahre lang von Bettinas Geld gelebt hast und froh sein konntest, dass deine Ex-Frau einen festen Job hatte!"

Sein Gesicht wechselt die Farbe: rot, weiß – und wieder zurück. Aber er verstummt. Florence wirft mir einen ehrfurchtsvollen Blick zu, der von tränennassen Wimpern umrahmt wird.

Mitten in die nun folgende Stille hinein klingelt mein Telefon. Ich nehme an.

„Oblonski hier", dröhnt eine fremde Männerstimme in mein Ohr. „Sind Sie der Sohn von Gert Pischke?"

Mit einem unguten Gefühl lasse ich mich auf die Umkleidebank sinken. Was ist jetzt wieder passiert?

„Am Apparat", sage ich zögernd. Wie durch ein Kaleidoskop sehe ich die Blicke meiner Kollegen auf mir ruhen, dann verschwimmen ihre Gesichter wieder.

„Machen Sie sich bitte keine Sorgen", sagt die Oblonski-Stimme. Sofort mache ich mir noch mehr Sorgen.

„Ihr Vater hatte einen Unfall. Es ist aber, bis auf einen Blechschaden, nichts passiert. Der Blechschaden ist allerdings heftig."

Ein Unfall? Mein Vater ist ein Auto-Narr, seit ich mich erinnern kann. Von ihm habe ich das ja. Er hatte noch nie einen Unfall.

„Die ganzen Umstände sind etwas merkwürdig", schnarrt der Oblonski-Mensch weiter. „Falls Sie in Köln sind, könnten Sie vielleicht ins Parkhaus vom REWE am Barbarossaplatz kommen? Dort ist der Unfall passiert, wir sind noch vor Ort. Ihr Vater scheint der Meinung zu sein, dass Sie vermutlich in der Nähe sind."

Scheint der Meinung zu sein. Warum spricht der Typ so komisch? „Ich kann in zehn Minuten dort sein", sage ich. Er erklärt mir, zu welchem Parkdeck ich kommen soll. Dann legt er auf.

Ich greife nach meinen Sachen, froh, dass die Probe schon vorbei ist. Ich hätte jetzt nämlich echt keinen Bock, mit Nastacia zu diskutieren, ob ich gehen kann oder nicht.

Felix springt auch auf. „Was ist passiert?", will er wissen. Ich schüttele nur den Kopf. Trotzdem greift auch er nach seiner Jacke. „Ich komme mit", sagt er.

Draußen springen wir auf die Räder, flitzen los und haben in nur drei Minuten den Weg zum Barbarossaplatz zurückgelegt. Ein weiterer der zahllosen REWE-Läden residiert jetzt dort, wo meine ganze Kindheit über das Bauhaus war. Ich hechte die Parkhaustreppen hinauf und finde eine Gruppe von Menschen: mein Vater, umringt von zwei Polizisten, einem Sanitäter und einer Notärztin. Sie stehen neben einem Schrotthaufen, in dem ich nur mit Mühe noch den 3er BMW meines Vaters erkennen kann, den er mit so viel Stolz vor zwanzig Jahren gekauft und immer liebevoll gepflegt hat.

„Papa!" Ich greife nach seinem Arm. Er wendet sich zu mir und scheint für einen Moment froh, mich zu sehen. Aber dann macht sich ein abgrundtiefes Misstrauen auf seinem Gesicht breit. „Was willst du hier mitten am Tag?", fragt er abweisend. „Hast du wieder mal nichts zu arbeiten?"

Mir ist klar, dass er unter Schock steht, also ignoriere ich die Beleidigung. „Papa, was ist denn passiert? Die Leute sagen, du hattest einen Unfall. Was hast du überhaupt hier gemacht? Du kaufst doch sonst nicht hier ein!" Seitdem meine Mutter tot ist, braucht mein Vater nur noch wenig aus Supermärkten, denn er selbst kocht ja nicht. Das bisschen, was er haben möchte, holt er in der Regel zu Fuß im REWE an der Bonner Straße, oder ich bringe ihm etwas mit. Er guckt mich an, als hätte ich nicht mehr alle Tassen im Schrank. „Ich weiß nicht, warum du so einen Unsinn redest. Ich kaufe hier seit meiner Lehrzeit ein. Die haben einfach die beste Qualität."

Mir schwant nichts Gutes. Stimmt, Papa war hier oft. Aber das ist viele Jahr her;

da war hier noch ein Bauhaus. „Papa – was wolltest du denn kaufen?", frage ich vorsichtig.

„Beschläge", antwortet er prompt. „Ich muss doch diese Woche den Geschirrschrank für die alte Siebertz fertig kriegen. Die liegt mir schon ewig damit in den Ohren."

„Die alte Siebertz?", wiederhole ich, leicht benommen.

„Ja, genau", bestätigt er und wirkt verärgert. „Eigentlich hatte ich natürlich anderes vor. Aber nachdem du ihr einen Ball in die Scheibe gepfeffert hast, war ich ja froh, dass wir uns irgendwie einigen konnten, ohne dass sie uns beim Hauswirt anzeigt."

Ich trete einen Schritt zurück. Übelkeit überkommt mich. Ich spüre Felix' Hand an meiner Schulter, kann sie aber gerade noch abschütteln und zum Treppenhaus rennen. Dort übergebe ich mich.

Die alte Siebertz wohnte ein paar Häuser weiter, als ich Kind war. Es stimmt, ich habe ihr mal eine Scheibe zerdeppert. Damals hatte ich einen neuen Lederfußball bekommen, und das Siebertz'sche Fenster war mein drittes Opfer innerhalb weniger Wochen. Der Hauswirt hatte meinen Eltern schon beim zweiten Unglücksfall mit Kündigung gedroht, falls es weitere Schäden geben sollte. So waren sie froh, damals mit der alten Siebertz irgendeinen Deal zu finden. Möglich, dass die alte Hexe sich tatsächlich einen neuen Geschirrschrank als Schweigegeld ausgehandelt hatte.

Ich lehne mich an die kalte Wand des muffigen Parkhauses. Von hinten tritt Felix an mich heran. Er sagt nichts, legt mir nur eine Hand auf die Schulter. Ich drehe mich zu ihm um und sehe tiefe Betroffenheit in seinen grünen Augen.

„Das ist nicht so, wie es aussieht", sage ich.

Er kommentiert nicht, was ich sage. Stattdessen meint er: „Komm, wir hören uns mal an, was passiert ist." Mit ruhigen, aber bestimmten Bewegungen zieht er mich zurück zu dem Grüppchen um meinen Vater. Das fühlt sich alles falsch an.

Felix als der, der weiß, was zu tun ist, fühlt sich falsch an.

Fremde Leute, die mit mir über meinen Vater reden wollen, fühlen sich falsch an.

Papa, der irres Zeug über eine Nachbarin erzählt, die vor Jahrzehnten das Zeitliche gesegnet hat, fühlt sich falsch an.

Ich sehe, wie der Sanitäter, ein dicker, bärenartiger Typ, beruhigend auf meinen Vater einredet. Auf mich kommt jetzt die Ärztin zu. Sie ist eine junge, hübsche Frau mit blondem Pagenkopf, die mir einen Pappbecher mit Wasser anbietet. Unter anderem Umständen würde ich mich über die Gelegenheit zu einem netten Flirt freuen. Aber jetzt bringe ich kein vernünftiges Wort raus. Also greife ich nur widerstandslos nach dem Becher und trinke.

„Herr Pischke, es tut mir leid, dass es Ihrem Vater anscheinend nicht gut geht", beginnt sie. Es folgt eine lange Erklärung, die nur bruchstückhaft zu mir durchdringt. Aber ich verstehe, dass mein Vater offensichtlich das Gaspedal mit der Bremse verwechselt hat. So ist er mit Vollgas gegen einen Betonpfeiler gebrettert, und man kann von Glück sagen, dass dabei nichts Schlimmeres passiert ist, als dass sein Auto nun einen Totalschaden hat.

„Es ist noch zu früh für eine abschließende Einschätzung. Aber gehe davon aus, dass Ihr Vater seinen Führerschein abgeben sollte oder vielleicht sogar muss", sagt sie.

„Das wird er nicht wollen", protestiere ich. „Mein Vater liebt sein Auto!"

Sie sieht mich an, als wollte sie etwas sagen, fände aber die richtigen Worte nicht.

„Oh nein", protestiere ich gereizt – schon ahnend, dass sie etwas Bösartiges sagen will. „Mein Vater ist durchaus in der Lage, noch einen Wagen zu fahren. Schön, er hatte einen Unfall. Aber wissen Sie, wie viele Unfälle jeden Tag auf der Straße passieren? Deswegen muss man nicht gleich alten Leuten ihren Führerschein wegnehmen!"

„Hendrik", mischt sich jetzt Felix ein – aber ich schneide ihm sofort das Wort ab. „Du hältst dich da raus!"

„Herr Pischke", setzt nun wieder die hübsche Ärztin an. „Wie ich schon sagte, es ist sowieso zu früh für eine abschließende Einschätzung. Aber wir müssen Ihren Vater mitnehmen und ihn einige Tage in der Uniklinik unter Beobachtung stellen."

Über die Schulter sehe ich zu meinem Vater. Der hat jetzt wieder seine übliche, straffe Körperhaltung, gestikuliert gerade wild, scheint sich bestens mit den Polizisten und dem Sanitäter zu verstehen und sogar Witze zu machen. Der wird ihnen schon zeigen, was er noch auf dem Kasten hat!

„Also schön. Nehmen Sie ihn mit", sage ich. Ich kenne doch meinen Vater. Die Ärztin wirft mir noch einen letzten, prüfenden Blick zu. Sie scheint zu ahnen, dass ich die Situation anders einschätze als sie. Aber statt noch etwas zu sagen, gibt sie mir nur die Hand. „Danke. Wir werden uns so schnell wie möglich bei Ihnen melden. Und machen Sie sich keine Gedanken wegen des Wagens; darum kümmert sich die Polizei."

Sie dackelt zu den anderen zurück, und ich werfe ihr einen finsteren Blick nach. Auch Felix schaut zu ihr hin und nickt anerkennend.

Ich boxe ihn in die Rippen. „Hör auf, sie so anzugaffen, du Penner! Das war eine blöde Kuh, die meinem Vater die Selbständigkeit wegnehmen will!"

Er sieht mich an, und wieder haben seine Augen diese komische Weichheit, die ich von ihm sonst nicht kenne. Felix muss eitel, unsicher, arrogant oder verliebt gucken, sonst stimmt etwas nicht. Und ich will nicht, dass hier etwas nicht stimmt.

„Ich gaffe sie nicht 'so' an", sagt er. „Ich finde nur, die hat ihren Job gut gemacht. Sie war vorsichtig und trotzdem klar."

„Was war denn da klar?" Fast spucke ich die Worte aus, so sauer bin ich. Ich sehe meinen Vater lachend und offenbar bestens gelaunt dem Sanitäter in den Rettungswagen folgen. Ich wende mich ab. „Komm! Wir gehen."

Zusammen trotten wir aus dem Parkhaus. Felix will mich auf ein Bier einladen, aber ich will einfach nur nach Hause und meine Ruhe haben. Leider ist er heute besonders hartnäckig und ich werde ihn nicht los. Also stehen wir noch einen Moment mit unseren Rädern am Barbarossaplatz rum.

„Hendrik, es kann gut sein, dass bei deinem Vater eine Demenz festgestellt wird. Darauf musst du dich vorbereiten", platzt er heraus.

Unglaublich, was der sich rausnimmt! „Gut, dass du Schauspieler geworden bist und nicht Arzt. Fingerspitzengefühl und Fachverstand hast du ja wie eine Axt in Wald", gifte ich ihn an.

„Hey, mal langsam! Ich bin dein Freund und meine es gut", sagt er.

„Du bist vielleicht mein Freund, aber jetzt gerade bist du vor allen Dingen ein Trottel", sage ich. „Das muss ich mir nicht anhören!"

Ich steige aufs Rad, lasse ihn einfach stehen und fahre ab. Auf so einen Freund kann ich jetzt gut verzichten.

Kapitel 10

Ich wache mit schwerem Kopf auf, weil ich mir nach dem Schock mit meinem Vater unnötig viel Bier reingezwirbelt habe. Das war dumm und wird sich heute bei der Aufführung rächen. Ich ärgere mich über mich selbst.

Auf Felix bin ich noch immer sauer, obwohl mir inzwischen dämmert, dass er vermutlich Recht hat. Aber genau das macht mich wütend, und weil ich sonst keinen habe, auf den ich sauer sein kann, bin ich auf Felix sauer. Jungspund. Der hat gut reden, mit Eltern, die viel jünger sind als mein Vater. Wenn auch, das muss ich zugeben, zumindest, was seine Mutter betrifft: mindestens genauso gestört.

Ich rufe im Krankenhaus an, aber die wissen noch nichts Neues. Ich frage, wann ich meinen Vater besuchen kann, aber sie sagen, dass jede Aufregung jetzt schlecht wäre, daher soll ich bitte noch einen Tag warten.

Na toll. Ich mache eine Zwischenbilanz. Vater: kurz vor der Klapsmühle. Sohn: spricht nicht mehr mit mir. Bester Freund: verkracht. Ich kratze mich am Kopf. Bei anderen käme jetzt wenigstens die eine oder andere Frau ins Spiel, aber da das bei mir auch ein schwieriges Kapitel ist, werde ich den Tag wohl einfach im Fitnessstudio verbringen. Vielleicht gehe ich auch nochmal bei Murat vorbei.

Im Aufzug zum Fitnessstudio gerate ich ins Gespräch mit einem älteren Typen, der hier schon lange trainiert. Bis jetzt kannten wir uns nur vom Sehen. Er ist der typische kultivierte ältere Schwule. Von denen gibt es hier jede Menge, denn das Studio liegt mitten in der Innenstadt, gleich hinter dem Gloria – früher einer von Kölns traditionellen Clubs der Schwulenszene.

„Sie sehen heute so unglücklich aus", lächelt er. „Stimmt etwas nicht?"
Und plötzlich bricht es aus mir raus. Ich erzähle ihm die ganze Geschichte: von meinem Vater, der lange nach dem Tod meiner Mutter plötzlich auf deren Rückkehr vom Einkaufen wartet, der plötzlich denkt, dass er Kundenaufträge fertig machen muss, obwohl er doch schon ewig nicht mehr arbeitet, und wie er nun sein Auto im Parkhaus gegen einen Betonpfeiler gesetzt hat.
Der ältere Herr nickt ernst und betroffen. „Keine leichte Zeit", meint er. „Mein Lebensgefährte hat so etwas auch hinter sich." Begonnen habe es mit ganz ähnlichen Anzeichen. Vorübergehende Verwirrung am Anfang. Dann

zunehmend katastrophale Aussetzer, bis schließlich kein Weg mehr an der Diagnose „Demenz" vorbeiführte.

„Es ist normal, dass Sie es nicht wahrhaben wollen", sagt er mit ruhiger Stimme. „Aber mit den Erfahrungen, die wir gemacht haben, kann ich Ihnen sagen: Je früher eine Demenz erkannt wird, desto besser lässt sie sich behandeln."

„Ich dachte immer, Demenz ist unheilbar", wende ich ein.

„Ich bin kein Mediziner, aber soweit ich weiß, haben Sie damit Recht. Trotzdem: Der Verlauf lässt sich verzögern, und das macht natürlich auch schon einen großen Unterschied – sowohl für die Betroffenen als auch für die Angehörigen."

Das klingt einleuchtend. Ich nicke.

„Wir sehen uns hier ja öfter. Wenn Sie Fragen haben – jederzeit gerne!", sagt er noch. Irgendwie nett. Es ist gut zu wissen, dass andere solche absurden und schrecklichen Situationen auch hinter sich gebracht haben.

In deutlich besserer Stimmung steuere ich die Geräte an und mache meine Übungen. Dann gehe ich noch eine Runde in die Sauna und schlafe danach im Ruheraum ein. Als ich aufwache, ist der Kater weg. Gott sei Dank! Wenigstens die Aufführung sollte ich also problemlos wuppen.

Gut, dass „Kunst" ein Stück voller Spitzen, Zwischentöne und giftiger Kommentare ist. Meine gereizte Grundstimmung kann ich hier heute perfekt ausleben. Erfolgreiche lege ich es darauf an, dass Felix nach der Aufführung keine Lust mehr hat, mit mir ins Vrings-Eck zu gehen. Er murmelt irgendwas von „müde" und lässt mich mit Piotr, Christopher und Heinrich stehen.

Ich stimme zu, mit den dreien noch ins Tivoli zu gehen, das direkt neben dem Theater liegt. Alles ist besser, als jetzt allein zu Hause zu sitzen.

Sofort strahlt Christopher, als wären Weihnachten und Ostern vorverlegt worden. Ich rolle innerlich die Augen. Wenn der bloß mal aufhören könnte, mich so zu bewundern! Ich habe nichts gegen ihn, aber je toller er mir findet, umso lächerlicher kommt er mir vor. Das passiert ganz automatisch.

Heinrich und Piotr sind damit beschäftigt, subtile Gehässigkeiten auszutauschen. Die gehen schließlich auch nur deswegen miteinander aus, weil sie sonst keinen haben. „Muss jemand vorher noch zum Geldautomaten?", fragt Heinrich anzüglich. Piotr streift seine Jacke über und verzieht keine Miene. Wie im Kindergarten, denke ich. Muss aber zugeben, Heinrichs Frage ist berechtigt. Ich kenne niemanden, der sich so durch die Gegend schnorrt wie Piotr. In neun von zehn Fällen, die ich mit ihm essen gehe, sagt er am Ende: „Oh nein, ich habe gar kein Bargeld mehr!" oder „Ist das zu glauben? Mein Portemonnaie muss noch in der anderen Jacke sein."
Normalerweise zahle ich dann, ärgere mich – und sehe mein Geld nie wieder. Nur einmal habe ich ihn richtig auflaufen lassen. „Tja, das ist jetzt schlecht", habe ich gesagt: „Ich habe auch kein Geld dabei." Da er näher am Theater wohnt als ich, musste er dann wohl oder übel nach Hause laufen, Geld holen und unsere Rechnung im Tivoli begleichen. Aber jetzt habe ich echt anderes im Kopf als solche Spielchen.

Wir finden einen Tisch im Tivoli und bestellen eine Runde Kölsch. Nur Heinrich, der gerne zeigt, dass er intellektueller ist als wir, der pöbelnde Haufen, führt mit der Kellnerin erst mal ein lächerliches Gespräch über die Weinkarte. Lächerlich deswegen, weil a) im Tivoli ganz sicher nichts serviert wird, was es wert wäre, sich auch nur zwei Minuten lang dazu beraten zu lassen, weil b) die Kellnerin ganz offensichtlich eine überforderte Studentin ist, die sowieso nicht beraten kann, sondern nur zögerlich vorliest, was ohnehin auf der

Karte steht, und weil c) Heinrich am Ende sowieso den Hauswein bestellen wird.

„Dann nehme ich den Hauswein", sagt er schließlich.

Ich bereue, dass ich so ekelhaft zu Felix war.

„Was war denn gestern los?", fragt Christopher mit der Miene eines ausgebildeten Boulevardjournalisten – also mit der Sorte Betroffenheit, die die Gier nach spektakulären Neuigkeiten nur schlecht verbergen kann. Da ich mehr als mein halbes Leben auf der Bühne verbracht habe, macht mir bei solchen Feinheiten keiner was vor.

Auch Heinrich nimmt eine Position des erwartungsvoll gespannten Zuhörens ein.

Ich seufze. Natürlich könnte ich jetzt das Gespräch abblocken, und angesichts ihrer blöden Gesichter habe ich dazu nicht wenig Lust. Andererseits muss ich auch mit irgendwem darüber reden, sonst werde ich verrückt. Und es reicht definitiv, wenn mein Vater verrückt wird.

Zuerst erzähle ich von der Situation im Parkhaus. Dann von den Aussetzern, die ich bei meinem Vater in letzter Zeit beobachtet habe.

„Das klingt ja schrecklich", sagt Heinrich – mit nur schlecht verstecktem Glanz in seinen Augen. Ich kann es riechen, wie er gleich nach Hause fahren wird, in die mickrige Zollstocker Wohnung, die er mit seiner erfolglosen Schwester Marga teilt, und froh ist, dass er endlich mal eine spannende Geschichte aus dem echten Leben zum Besten geben kann. Einen 3er BMW am Betonpfeiler zerlegt!

Christopher ist da schon anders. Nachdem er jetzt die ganzen hanebüchenen Details kennt, wirkt er wirklich besorgt. „Das tut mir leid", sagt er. „Und im Krankenhaus wussten die heute noch nichts Neues?"

„Nein. Aber ich denke, morgen kann ich ihn mal besuchen", meine ich.

„Wenn du willst, komme ich mit", bietet Christopher an.

Das will ich wirklich nicht, aber es rührt mich trotzdem. „Nett von dir. Danke."

„Ich werde mal meinen Bruder fragen", mischt sich jetzt Piotr in das Gespräch ein. „Der arbeitet in Polen in einem der besten Krankenhäuser und hat dort hervorragende Kontakte. Ich bin sicher: Wenn es ein Mittel gibt, das helfen kann, dann kennt es mein Bruder!"

Skeptisch sehe ich ihn an. Das ist typisch Piotr. Dein Auto ist kaputt? Du brauchst eine Putzfrau? Dein Arzt kann dir nicht helfen? Erziehungsprobleme mit den Kindern? Eine schimmelige Wand im Bad? Was auch immer jemanden beschäftigt: Piotr kennt einen anderen Polen, der einen anderen Polen kennt, und der weiß die Lösung. Und zwar die bestmögliche Lösung der Welt.

„Ich denke, ich warte mal ab, was die in der Uniklinik sagen", meine ich.

„Trotzdem frage ich meinen Bruder! Er ist ein so guter Arzt … erinnert ihr euch noch daran, dass ich vor zwei Jahren diese depressive Phase hatte?"

Ehrlich gesagt erinnere ich mich nicht. Wir sind Künstler! Irgendwer von uns hat immer gerade eine depressive Phase. Aber Piotr braucht gar keine Antwort, um die Geschichte fortzusetzen. „Also, damals sprach ich mit meinem Bruder. Und er gab mir diese Pillen. Faszinierend! Ich brauchte nur jeden Tag eine halbe Pille – und ich war wie gewandelt!"

„Verwandelt", korrigiert Heinrich, der immer froh ist, wenn er andere auf sprachliche Fehler aufmachen kann.

„Genau", nickt Piotr unbeeindruckt. „Also, diese Pillen waren wirklich toll! Vielleicht können sie deinem Vater auch helfen."

„Aber der ist vermutlich dement und nicht depressiv", wende ich ein.

„Ich frage mal meinen Bruder", verspricht Piotr.

Plötzlich tritt jemand an unseren Tisch. Marius ist dazugekommen. Mit dem hatte keiner gerechnet, weil er heute keine Vorstellung im Hinterhof hatte.

„Ich dachte mir, dass ich euch hier treffe", sagt er zufrieden, zieht sich von einem der anderen Tische einen Stuhl herbei und lässt sich zufrieden darauf fallen. „Ich hatte heute einen wirklich erfolgreichen Tag", strahlt er selbstgefällig.

„Wir hatten eigentlich gerade über Hendriks Probleme gesprochen", sagt Christopher zaghaft. Er kann es nicht leiden, wie Marius sich immer in den Mittelpunkt drängt, aber er traut sich auch nicht, ihm mal wirklich die Stirn zu bieten.

Das weiß Marius und geht deswegen auch gar nicht erst auf das ein, was er gesagt hat. „Ich habe einen Auftrag als Sprecher für den neuen Ken Follett. Der neue Ken Follett, versteht ihr? Das ist 'ne Riesennummer. Jeder zweite in Deutschland wird meine Stimme hören."

„Gratuliere", sage ich kraftlos.

„Jetzt schluck mal deinen Neid runter und freu dich mit mir", fordert er mich beleidigt auf. „Der beste Mann gewinnt, so heißt es doch."

„Ken Follett schreibt ja nicht gerade intellektuelle Literatur", sagt Heinrich jetzt.

„Na, und wenn schon", meint Marius. „Das stört dich nur, weil da auf den ersten hundert Seiten mehr Frauen gebumst werden als du jemals in deinem Leben zum Kaffee eingeladen hast."

Heinrich wird rot.

Langsam weiß ich wirklich nicht mehr, was ich hier soll. Mein Vater wird dement, meine Freunde und Kollegen fallen offenbar zurück in die Pubertät. Passt ja irgendwie. Vielleicht kann ich gleich alle zusammen einweisen lassen.

„Mit mir ist heute nicht mehr viel los. Ich gehe schlafen", sage ich, zahle meine paar Kölsch und stehe auf.

„Ich komme nochmal kurz mit raus", sagt Christopher.

Draußen legt er mir die Hand auf die Schulter. Was nicht ganz so tröstlich wirkt, wie er es beabsichtigt, da er einen Kopf kleiner ist als ich, aber nett ist es trotzdem. „Ruf mich an, wenn ich irgendwas für dich tun kann, ja? Vielleicht gehen wir einfach mal wandern. Dann kriegst du den Kopf frei und kannst in Ruhe erzählen. Ich kann auch Ina mal fragen, ob sie irgendeine gute Idee hat. Die hat ja manchmal beruflich mit so was zu tun."

Ina ist Christophers Frau. Sie ist Sozialarbeiterin und arbeitet bei irgendeiner Beratungsstelle.

Ich nicke niedergeschlagen. „Vielleicht. Danke jedenfalls."

Er drückt mich zum Abschied kurz, und jetzt habe ich tatsächlich fast Tränen in den Augen. Der ist eigentlich echt in Ordnung, und ich mache mich immer nur über ihn lustig. Ich muss damit wirklich mal aufhören. Von all den gestörten Kerlen in meinem Umfeld ist er vermutlich noch der Normalste.

Nachdenklich mache ich mich auf den Weg nach Hause.

Kapitel 11

Planlos gehe ich durch die Wohnung meines Vaters. Das Krankenhaus hat angerufen; ich kann ihn am Nachmittag besuchen. Bei der Gelegenheit soll ich gleich ein paar Klamotten für ihn mitbringen. Ich werfe eine Tasche, die ich mitgebracht habe, auf sein Bett. Es wäre logisch, jetzt einfach an den Kleiderschrank zu gehen, Wäsche und anderes Zeugs herauszunehmen und zu verschwinden. Aber irgendwie habe ich Hemmungen. Seit dem Tod meiner Mutter fühle ich mich in der Wohnung, in der ich aufgewachsen bin, nicht mehr wohl.

Ich lasse mich aufs Bett fallen und denke zurück an diese zierliche, kämpferische Frau, die unser Leben so fest im Griff hatte. Draußen konnte mein Vater immer gut den starken Typen spielen. Aber zu Hause hatte Mama das

Sagen. Wer besucht und eingeladen wurde, was mein Vater am Wochenende zu erledigen hatte und wann es Zeit für ein neues Sofa war. In meine Erziehung durfte er sich auch nicht ungefragt einmischen, so viel war klar. Und sogar die Klamotten, die er anziehen sollte, hat sie ihm Tag für Tag rausgelegt.

Ich schaue auf die angestaubte Frisierkommode, auf der noch immer Mamas Kamm und Bürste liegen. Es ist kein Wunder, dass mein Vater ohne sie nicht mehr zurechtkommt. Sie hat ihn schön systematisch über fünfzig Jahre hinweg unmündig gemacht. Ein leiser Groll steigt in mir auf, obwohl mir das unfair vorkommt meiner Mutter gegenüber. Es war ja sicher nicht ihr Ziel, dass die Dinge sich so entwickeln würden. Aber sie hatte einfach für alles, was unsere Familie betraf, einen Plan. Und ich muss mir eingestehen, dass auch ich jetzt, wo sie nicht mehr da ist, ziemlich in der Luft hänge.

Nachdem sich in der Schule gezeigt hatte, dass ich ein gewisses Talent zum Pausenclown habe, hatte sie sofort Visionen für mich. Die bezogen sich, da meine Mutter durch und durch kölsch war, auf den Karneval. Von der Voreifel bis ins Bergische schleppte sie mich über die damals noch dünn gesäten Kindersitzungen, übte mit mir Büttenreden, bis es mir zum Hals heraushing, und träumte davon, mich als Prinzen im Karneval zu sehen.

Mit 16 hatte ich davon so die Schnauze voll, dass ich mich zehn Jahre lang völlig verweigert und sogar das Radio ausgedreht habe, wenn da an Weiberfastnacht Karnevalsmusik lief. Was allerdings in der Südstadt keinen nennenswerten Effekt hat, da kommt man am Karneval trotzdem nicht vorbei.

Was ich aber mochte, das war dieses berauschende Gefühl, eine andere Rolle einzunehmen. Alle meine Kraft und Emotionen in die Darstellung eines anderen zu legen. Und natürlich: Applaus zu bekommen! Wenn man das von klein auf gewöhnt ist, wird man süchtig. Das ist einfach so.

Mein Vater hätte es lieber gesehen, wenn ich Tischler geworden und in seine kleine Firma mit eingestiegen wäre. Dass ich irgendwann anfing, intellektuelle

Texte zu lesen und eine Schauspielschule zu besuchen, fanden sie beide eine enorme Verschwendung von Talenten. Trotzdem saß meine Mutter bei jeder Premiere in der ersten Reihe und erzählte ungefragt jedem, dass ich ihr Sohn sei. Aber so stolz wie früher, wenn ich die Büttenreden gehalten habe, die sie mir geschrieben hat, hat sie dabei nicht mehr gestrahlt.

Alles das geht mir durch den Kopf, während ich langsam anfange, die nötigsten Sachen für meinen Vater einzusammeln. Dabei fällt mir auf, dass es hinter den Schranktüren ganz schön chaotisch aussieht. Zwischen den Socken liegt ein Paket Gelierzucker. Was auch immer er damit vorhatte. Einen Schlafanzug finde ich nicht, stattdessen einen Stapel säuberlich geglätteter, leerer 500-Gramm-Graubrot-Tüten. Schuldbewusst fahre ich mir durch die Haare. Was war denn los mit mir in den letzten Monaten? Ich habe meinen Vater doch jede zweite Woche gesehen. Wie kann es sein, dass ich dabei nicht mitbekommen habe, wie er sich verändert hat? Kleine Sätze fallen mir jetzt wieder ein, die er gesagt hat. Unstimmigkeiten, die ich nicht verstanden habe. Aber ich habe sie alle ignoriert. Ich habe ihn getroffen, aber eigentlich war ich in Gedanken schon beim nächsten Bier mit Felix oder bei der letzten Nacht mit irgendeinem Mädchen.
Ich seufze. Ich sehe ja ein, dass man in meinem Alter langsam mal erwachsen werden sollte. Aber es hätte ja nicht gleich so sein müssen.

Mit den Sachen, die ich bei meinem Vater gefunden, und einem Schlafanzug, den ich unterwegs noch gekauft habe, betrete ich die Station. Es riecht nach Desinfektionsmittel, außerdem irgendwie muffig. In einem Zimmer mit der Nummer, die man mir am Eingang gesagt hat, finde ich meinen Vater. Er liegt hier zusammen mit zwei anderen Männern seines Alters.
Als ich ihn unter der weißen Decke sehe, erschrecke ich mich. Er sieht viel älter

aus als bei unserer letzten Begegnung, ausgemergelt und schwach. „Hey, Papa",
sage ich leise. Ausdruckslos schaut er mich an. Ich greife nach seiner Hand, die
auf der Decke liegt. „Papa, wie geht es dir?", frage ich.

Er guckt und guckt. Nach einer Weile fragt er: „Was ist denn mit Papa?"

Das irritiert mich und ich weiß nicht, was ich antworten soll.

„Hast du die Kaninchen gefüttert?", fragt er.

Wieder weiß ich nicht, was ich sagen soll. Er spricht trotzdem weiter.

„Wenn du das vergisst, regt er sich wieder auf. Du musst die Bauern auf dem
Markt nach Kohlblättern und Möhrenkraut fragen. Sonst werden sie nicht fett
genug."

Nachdem sein seltsames Gerede mein Hirn erst einmal ausgebremst hat, arbeitet
mein Kopf jetzt fieberhaft. Kaninchen? Mir fällt ein, dass er erzählt hat, dass
sein Bruder Alfons und er nach dem Krieg wilde Kaninchen eingefangen haben.
Aus Trümmern hatten sie denen einen Stall im Hinterhof gebaut, um sie zu
mästen.

„Die Kaninchen", sage ich lahm. „Im Hof, meinst du? Die du mit deinem
Bruder hattest?"

Ärgerlich guckt er mich an. „Was soll das Gequassel, Alfons? Hast du sie jetzt
gefüttert oder nicht?"

Mir wird ein bisschen flau in der Magengegend. Er hält mich für seinen Bruder!

„Papa, ich bin nicht Alfons ...", sage ich zaghaft. Hilfesuchend schaue ich mich
um, aber die anderen beiden Patienten sagen nichts. Der eine starrt in den
Fernseher, der andere verfolgt gebannt die Situation zwischen mir und meinem
Vater.

Ich entscheide, einfach das Thema zu wechseln. „Papa, dein Auto, das ist leider
hinüber", setze ich an.

„Haben wir jetzt wirklich ein Auto?", fragt er, und ein feuriger Glanz huscht
über sein Gesicht. „Wie kann Papa sich das leisten?"

Oh Gott. Er hält mich echt für seinen Bruder. Das gefällt mir gar nicht. „Papa! Ich bin's, Hendrik. Dein Sohn!" Meine Stimme ist lauter und ärgerlicher, als ich es geplant hatte. Ich beuge mich näher zu ihm, damit er mein Gesicht sehen kann. „Ich bin dein Sohn. Du bist im Krankenhaus und hattest einen Unfall!" Interessiert sieht er mich an. „Kennen wir uns?", fragt er mit jovialer Höflichkeit.

Man liest so etwas in Zeitungen, man kennt solche Momente aus Filmen. Aber keiner bereitet einen darauf vor, wie schrecklich es in Wirklichkeit ist, von den eigenen Eltern nicht mehr erkannt zu werden. Ich beiße die Zähne zusammen, kämpfe gegen die Tränen an. „Erinnerst du dich an Arthur?", frage ich.

Seine Augen werden klar. „Arthur! Das ist so ein lieber Junge, auf den können seine Eltern stolz sein. Wie geht es meinem Enkel?"

Gott sei Dank. Ich scheine einen Anknüpfungspunkt gefunden zu haben. „Arthur vermisst dich", behaupte ich. „Er würde sich freuen, bald mal wieder mit dir an den Rhein zu fahren!" Das lieben sie beide, seit Arthur auf der Welt ist. Hier hat mein Vater meinem Sohn gezeigt, wie man flache Steine übers Wasser flitscht. Hier sitzen sie, gucken dem Wasser zu, der alte Mann und der kleine Junge, und philosophieren über das Leben.

„Arthur soll mich mal wieder besuchen", sagt mein Vater jetzt entschieden. „Ist schon lange her, dass er das gemacht hat. So geht man doch nicht mit seinem Großvater um! Sag ihm das."

Ich nicke und nehme seine Hand. „Gerne, Papa", murmele ich leise.

Er zieht die Hand weg. „Ich muss jetzt schlafen, Alfons. Und hör auf, mich ständig Papa zu nennen."

Ich verlasse die Klinik mit dem sicheren Gefühl, dass die letzten zwei Stunden zu den schrecklichsten meines Lebens gehören. Benommen schließe mein Fahrrad auf, schiebe es aber nur neben mir her und mache mich zu Fuß auf den

Weg. Am Grünstreifen an der Inneren Kanalstraße lasse ich mich ins Gras fallen. Ich bin erschöpft, aber nicht von dem kleinen Stück Weg, das ich bis hierhin gelaufen bin, sondern von einem nagenden Gefühl in meinem Inneren. Es dauert einen Moment, bis mir bewusst wird, dass es Eifersucht ist. Wieso erkennt mein Vater mich nicht mehr, weiß aber noch, wer mein Sohn ist? Das fühlt sich beschissen an.

Wieder denke ich zurück an meine Kindheit. Daran, wie fremd er mir eigentlich immer war. Und wie meine Mutter einen Keil zwischen uns getrieben hat. Wenn er mir etwas zeigen wollte, in seiner Werkstatt, dann hat sie mich zur Seite gezogen. „Dä Jung' bruch sing Finger noch", hat sie geschimpft, sobald ich in die Nähe einer Säge oder eines Hammers geriet. „Dä sull wat Anständijes liere, nit der janze Daach an der Dreckswerkbank stonn!"

Ich erinnere mich an die Mischung von Stolz und Überlegenheit, die ich in solchen Momenten fühlte – aber auch an ein leichtes Bedauern. Eigentlich fand ich es immer ziemlich cool, wie mein Vater Holz zum Leben erwecken und Dinge daraus entstehen lassen konnte. Aber mit einer Mutter, die so dominant war wie meine, blieb mir nichts anderes übrig als mir den Weg schön zu reden, den sie sich für mich ausgedacht hatte.

Arthur, der frei von solchem Mist aufgewachsen ist, hatte für meinen Vater immer nur offene Bewunderung. Jedes geschnitzte Schiffchen, das er von ihm bekam, wurde sorgsam gehütet.

Und nun erinnert sich mein offensichtlich demenzkranker Vater an ihn, aber nicht an mich. Ich balle die Fäuste und spüre, wie sich mein Kiefer vor Anspannung verkrampft. Was für eine Scheiße!

Aber es bringt ja nichts. Auf den eigenen Sohn eifersüchtig zu sein, ist nun wirklich unwürdig. Also hole ich Luft und entscheide, das Beste aus der Situation zu machen. Ich ziehe das Telefon aus der Tasche.

„Hi Arthur! Ich bin's", sage ich.

„Hi", sagt er – und höre an seiner Stimme, dass er noch immer beleidigt ist über den Streit, den wir neulich hatten. Darauf habe ich jetzt wirklich keinen Bock. „Hör mal, ich weiß, wir haben gestritten, aber das muss jetzt mal zurückstehen. Hier geht es um was Wichtigeres", stelle ich gleich klar. Ich schildere ihm, was mit seinem Opa los ist, und sofort fällt alle Bockigkeit von ihm ab. Aufmerksam hört er zu und erklärt sich sofort bereit, den Opa alle paar Tage zu besuchen. Ich lege auf, und zum ersten Mal heute stellt sich bei mir so etwas wie Erleichterung ein. Mindestens in dem Punkt habe ich also doch was richtig gemacht: Mein Sohn liebt seinen Opa und kümmert sich um ihn, wenn es nötig ist. Mehr kann ich von diesem miserablen Tag offensichtlich nicht erwarten. Also steige ich auf mein Rad und fahre nach Hause.

Kapitel 12

Eine Woche später hat sich wieder etwas eingestellt, das bürgerliche Gemüter vermutlich als Normalzustand bezeichnen würden. Mein Vater ist wieder zu Hause. Eine Tante vom Pflegedienst kommt ihn besuchen. Natürlich gehe ich auch hin, wenn auch immer mit einem Scheißgefühl, weil ich jedes Mal fürchte, wieder als Onkel Alfons wahrgenommen zu werden. Den mochte ich nicht mal besonders!

Aber bislang war mein Vater jedes Mal klar im Kopf, wenn wir uns gesehen haben. Die Ärzte haben mir erklärt, dass es eine „vaskuläre Demenz" sein könne. Das ist anscheinend genauso schlecht wie es sich anhört. Nämlich eine Demenz, die schwankend verläuft. Das finde ich kein bisschen tröstlich, auch wenn es grundsätzlich ja schön ist, dass mein Vater sich wieder daran erinnert, dass er nicht Kaninchen versorgen muss, sondern inzwischen einen erwachsenen Sohn hat. Er wird recht bald einen Platz im Heim brauchen, wurde

69

mir in der Klinik nahegelegt.

Ich frage mich, ob ich ihm das sagen soll. Ist irgendwie die Wahl zwischen Pest und Cholera. Ich meine, wer will schon einfach umgetopft werden, ohne vorher Bescheid zu wissen? Das ist doch Kacke. Aber will man vorhergesagt kriegen, dass man dement ist und auf den Abgrund zusteuert? Irgendwie auch nicht. Frustriert jogge ich übers Laufband. Den netten alten Schwulen, der mich so freundlich beraten wollte, habe ich nicht mehr gesehen. Und mit Felix bin ich noch immer verkracht. Natürlich habe inzwischen auch ich kapiert, dass er mit seiner Vermutung richtig lag. Aber ich bin einfach zu sauer auf die ganze Situation, als dass ich mich bei ihm entschuldigen könnte. Ich weiß, das ist dumm. Immerhin, Arthur setzt sich jetzt – bislang – jeden zweiten Tag in den Zug und besucht seinen Opa. Beruhigt mich, dass wir in seiner Erziehung doch nicht ganz versagt haben.

Ein Blick auf die Uhr sagt mir, dass ich heute auf die Sauna verzichten muss. Das ist auch so eine miese Begleiterscheinung der aktuellen Gesamtlage: Ständig ist was zu regeln. Anträge für dies und das, das Internet nach Heimplätzen durchforsten, und über kurz oder lang werde ich mir diese frustrierenden Orte des letzten Dahinvegetierens auch noch ansehen müssen. In der Hoffnung, dass irgendwo, wo es nicht ganz so sehr aussieht wie in einem rumänischen Knast, ein Zimmer frei ist.

Weil also ständig was zu regeln ist, habe ich viel weniger Zeit als sonst. Ich meine, vermutlich habe ich noch immer dreimal so viel Freizeit wie ein normaler Angestellter, aber für mich ist es plötzlich zu wenig und ich komme nicht klar. Hektisch raffe ich meine Sachen zusammen und mache mich auf den Weg zum Theater.

Ich höre das Gekeife schon von draußen. Nastacia ist offensichtlich so richtig in Rage. Kurz schaue ich zur Uhr: Bin ich so spät dran, dass ich der Grund bin?

Dürfte eigentlich nicht so sein. Ich habe mich beeilt und grade noch die Kurve gekriegt, ich bin nicht zu spät.

Leise öffne ich die Tür. Das ist nicht so einfach, denn drinnen liegt, wie ich nach und nach sehe, der wuchtige Kronleuchter aus dem Foyer in tausend Scherben auf dem Boden. Die Splitter verkanten sich unter der Tür und verkratzen den Boden. Ich fluche leise, mache mich so schmal wie möglich und schlüpfe durch einen Türspalt. Drinnen fällt mein Blick zuerst auf Marius. Er hat die Arme verschränkt, sein diabolischstes Grinsen aufgesetzt, lehnt an der Wand und betrachtet genüsslich, was sich da abspielt.

Ich folge seiner Blickrichtung und sehe: Nastacia. Wie es aussieht, hat sie den kompletten Backstage-Bereich mit Scherben und Schrott überhäuft. Bei näherem Hinsehen entpuppt sich das Durcheinander als unser Equipment für die Lichttechnik. Ich kann gerade noch den Kopf einziehen, als ein Scheinwerfer in den Spiegel fliegt.

Nastacia sprüht vor Zorn wie ein Dämon. Ihre langen, dunklen Locken habe sich gelöst und schwingen kampflustig um ihren Kopf herum wie die Schlangen um das Haupt der Medusa. Ihre Augen glühen wie Kohlen. Hinter ihr steht Leila mit zerrissenem Kleid, blutender Nase und heult.

Normalerweise ist Leila Nastacias Augenstern. Sie ist eine durchschnittliche Schönheit, die aus einer Zirkusfamilie stammt, und aus irgendeinem Grund hat unsere Theaterdirektorin einen Narren an ihr gefressen. Die beiden sind seit Jahr und Tag ein Paar, wobei eigentlich keiner von uns Leila die Lesbe so richtig abnimmt: Dafür flirtet sie einfach zu gerne mit jedem von uns.

Heute hat Nastacia offensichtlich keinen Blick für den aufgelösten Zustand ihrer Geliebten. Sie ist zu sehr damit beschäftigt, ein Teil nach dem anderen zu pfeffern – aber auf wen eigentlich? Da mir Christopher und Felix den Blick versperren, muss ich mich auf die Zehenspitzen stellen.

Ach klar, jetzt sehe ich: Es ist Piotr. Das erklärt dann auch den militanten

Umgang mit der Lichttechnik. Aber was ist passiert?

„So! Dachtest du dir, kannst du mal die Geliebte deiner Chefin vögeln, was? Fandest du besonderrrs grrroßartige Vorstellung, was?" Nastacia schreit und schreit. Vor lauter Wut fällt sie zurück in einen starken Akzent, den sie eigentlich seit Jahren abgelegt hat.

Ungläubig fragend sehe ich Marius an. Der hebt die Hände, zuckt die Schulter und nickt. Ich mache große Augen.

„Putzfrau", wispert er mir zu.

Ich verstehe nicht, was er meint, und hebe fragend eine Augenbraue.

„Die Putzfrau hat sie verpfiffen", flüstert er.

„Rrrrruhe!", donnert Nastacia: „Jederrr soll hörrren, dass bringt nix, wenn man alte Nastacia vorführt."

Piotr drückt sich mit eingezogenem Kopf an die Wand und sieht aus wie einer, der ahnt, dass er sich übel verzockt hat. Er hebt die Hände und legt den Kopf schief. „Nastacia", setzt er an. „Ich bin ein Arschloch, okay? Es tut mir leid, okay? Ich hätte das nicht tun sollen. Aber siehst du, es war eigentlich nicht ..." Wusch! Wieder fliegt etwas durch den Raum. „Will ich nicht hörrren dein dumme Geschwätz!", keift Nastacia, jetzt blutrot im Gesicht. „Raus! Raus, du widerlicher Major Crampas! Raus!" Als ich das Theater betrat, hätte ich es nicht für möglich gehalten, dass sie sich lautstärketechnisch noch steigern kann, aber dank ihres enormen Lungenvolumens gelingt es ihr, mit jeder Silbe dröhnender zu werden. Als Piotr sich nicht regt, macht sie einen Schritt auf ihn zu. Er zuckt zusammen. Das zaubert den Anflug eines zufriedenen Lächelns in ihr wutverzerrtes Gesicht. „Hast du ganz zu Recht Angst, du Wurm. War es das mit dir." Sie wirft einen Blick in die Runde. „Und mit euch anderen, verräterisches Pack!"

Bevor irgendjemand von uns etwas sagen kann, wirbelt sie einmal um die eigene Achse und schießt zornige Blicke auf jeden von uns. „Entlassen! Alle!

Raus!", kommandiert sie.

„Und... und die Vorstellung heute?", fragt Christopher. Das muss man ihm lassen: Sein Mangel an Intelligenz und Taktgefühl hat manchmal auch Vorteile. Ich denke, kein anderer von uns hätte sich getraut, diese Frage zu stellen, auch wenn wir alle gerne eine Antwort darauf hätten.

Nastacia durchbohrt ihn mit einem langen Blick. „Derrr letzte Vorhang ist gefallen", sagt sie schließlich.

Meine Nackenhaare stellen sich auf. Mit einem üblen Gefühl in der Magengegend trete ich nach draußen.

Kapitel 13

Wie in Trance stehe ich vor dem Theater. Ich kenne Nastacia und würde normalerweise nicht viel auf ihren Ausbruch geben, auch wenn es dieses Mal etwas krasser ausgefallen ist als frühere Wutanfälle. Eine Vorstellung hat sie bis jetzt noch nie abgesagt. Zusammen mit der Sorge um meinen Vater und dem Streit mit Felix ist es mir aber langsam alles etwas zu viel.

Ich schlage meinen Jackenkragen hoch und trete gegen etwas planlos eine Coladose, die jemand auf der Straße abgestellt hat. Keine gute Idee, denn sie war augenscheinlich nicht leer und ihr Inhalt ergießt sich über meine hellen Sneakers. Ich fluche leise.

„Läuft wohl nicht so?"

Ich drehe mich zu der vertrauten Stimme um. Felix' Grinsen ist so breit, dass auch ich nicht mehr ernst bleiben kann. Nastacias Auftritt gerade war einfach etwas zu absurd. Als ich das Zucken in seinen Augenwinkeln sehe, spüre ich eine Lachsalve in mir emporsteigen, und im selben Moment explodiert auch er. Wir lachen, bis Passanten stehenblieben.

„Du Arschloch", bringe ich schließlich mühsam hervor.

„Du bist selbst ein Penner", entgegnet er.

Da es fürs Vrings-Eck noch zu früh ist und ich keine Lust auf Marius und Christopher habe, die schon im Tivoli hocken, schlage ich vor: „Gehen wir ein paar Schritte?"

„Klar", meinte Felix.

Nachdem wir schweigend zwei Häuserblocks hinter uns gebracht haben, sehe ich ihn aus dem Augenwinkel an. Er guckt zurück, und schon wieder müssen wir lachen. „Was war denn das gerade?", frage ich ihn.

„Piotr wollte anscheinend testen, was geht."

„Ich dachte, der hat es auf diese Katinka abgesehen?"

Felix guckt mich an, als wäre ich nicht ganz dicht. „Ja, und? Die ist mit ihrem Typen zusammen und er kommt nicht an sie ran. Außerdem kann man doch zwei Eisen im Feuer haben."

„Ja, schon klar." Die ganze Demenz- und Altenheimthematik hat anscheinend auf mich abgefärbt. Ich rede wie der letzte Spießer. Obwohl ich mir dumm vorkomme, weil ich so trottelig nachfrage, will ich es jetzt genau wissen.

„Also, was war da los?"

Wieder brodelt es in Felix, aber er unterdrückt das Lachen halbwegs und erzählt. „Naja, genauso wie Nastacia es gesagt hat. Er hat halt ihre Liebste gevögelt. Und anscheinend dachte er, es wäre super schlau, sich vormittags zum Bumsen hinter der Bühne zu treffen, weil dann keiner da ist. Hat nicht dran gedacht, dass die Putzfrau ja auch irgendwann kommt."

„Nein!"

„Doch. Und die stammt anscheinend aus einer sehr konservativen Familie mit Migrationshintergrund. Die zwei haben sie gar nicht bemerkt, aber ... " Er gluckst. „Heute Mittag stand ein sehr wütender Kerl vor Nastacia. Er meinte, in ihrem verkommenen Nuttenpuff würde seine Frau nicht mehr arbeiten, und wenn sie ihr nicht sechs Monatslöhne als Ablöse bezahlt, kommt er mit Freunden wieder. So kam das alles raus."

Ich kann es kaum glauben. Ich meine, ich weiß, dass der gute, komplexbeladene Piotr schon auf viele schwachsinnige Ideen kam, um sich selbst seine innere Größe zu beweisen – aber dass er so blöd ist, das hätte ich nicht gedacht.

„Der kann die doch nicht wirklich hier im Theater gepimpert haben!"

Felix kann nicht sofort antworten, weil er einen Lachkrampf hat. Nach einer Weile krächzt er: „Doch! Und als er dann kam, wartete Nastacia schon auf ihn. Sie hat ihm sein ganzes Equipment Stück für Stück um die Ohren gehauen – naja, du hast es ja mitbekommen."

„Volltrottel! Was hat er sich gedacht? Der hat doch letzten Monat erst irgend so eine Russen-Minka aufgegriffen. Und steigt seit Ewigkeiten Katinka nach. Muss er jetzt uns in seine bescheuerten Bumsgeschichten mit reinziehen?"

Felix schnaubt nur leicht. „Ach, ich bitte dich. Die kriegt sich doch wieder ein."

Das stimmt auch wieder. Nastacias Wutausbrüche sind legendär, aber genauso bekannt ist, dass sie verpuffen wie heiße Luft. Vermutlich folgt unserem freien Abend heute dann morgen auch schon wieder ein ganz normaler Tag.

Inzwischen sind wir vor einer Bar gelandet, und weil ich Durst habe, schlage ich vor, dass wir reingehen. Drinnen sitzen wir zum ersten Mal seit einer gefühlten Ewigkeit wieder beim Kölsch zusammen.

„Ich war ganz schön sauer auf dich", sage ich.

„Hab ich gemerkt", meint Felix trocken. „Was ist denn jetzt mit deinem Vater?"

Beim Gedanken daran leere ich mein Glas in einem Zug und lasse mir erst mal ein neues bringen. Dann fange ich an zu reden – und merke, wie froh ich plötzlich bin. Ich bin mich so sehr daran gewöhnt, über alles ständig mit Felix reden zu können, dass ich gar nicht weiß, wie ich die Herausforderungen der letzten Wochen alleine bewältigt habe. Irgendwie bin ich dadurch ja auch fast verrückt geworden.

Als ich mit meinen Schilderungen fertig bin, nickt Felix nachdenklich.

„Ungefähr genau das habe ich erwartet. Aber ich hätte trotzdem sensibler reden können. Tut mir leid."

„Ist schon okay. – Was gibt's denn bei dir Neues?"

Plötzlich rutscht er unbehaglich auf seinem Stuhl hin und her.

„Ja?"

„Ach ... bei mir ..."

„Jetzt sag schon!"

„Ich habe mich neulich mit Claire getroffen."

„Hey! Das ist doch cool!" Ich freue mich für ihn, denn Claire ist wirklich eine coole Frau. Sie hat früher mal bei uns gespielt, jetzt aber nicht mehr, weil sie inzwischen hauptsächlich Hörspiele spricht. Sie ist eine hübsche, fröhliche Engländerin, für die Felix von Anfang an einen Faible hatte. Allerdings ist sie auch sehr intelligent und schlagfertig. Wenn man mich fragt, ist das der Grund dafür, dass er bis jetzt nie mit ihr weggegangen ist: Sie macht ihm Angst. Idiotischerweise. Denn auf den Kopf gefallen ist er nun wirklich nicht.

„Wie kam das denn?"

„Ach ... keine Ahnung. Ich bin ihr zufällig über den Weg gelaufen. Sie hat dann gemeint, ob wir mal was trinken gehen."

„Und dir fiel keine Ausrede ein, die du vorschieben konntest."

„Sehr witzig! Warum sollte ich mich verstecken wollen? Ich hätte sie auch schon längst gefragt, aber ich hatte ihre Nummer nicht."

Das kann er nun wirklich sonst wem erzählen. Die hätte er sicher sehr leicht kriegen können; wofür gibt es schließlich Facebook? Irgendwen findet man doch immer, der von irgendwem die Nummer hat. Aber ich tue, als ob ich ihm glaube, weil ich hören will, wie es weiterging.

„Und dann?"

Unzufrieden starrt er auf das Kölschglas, das er in den Händen dreht. „Dann waren wir auf der Zülpicher in so einem Laden."

Als ich nicht antworte, sondern warte, dass er weiterspricht, gibt er sich einen Ruck. „Es war nichts. Nach zwei Stunden bin ich gegangen. Sie kennt da tausend Leute."

Ich verschlucke mich fast am Kölsch. „Du bist gegangen, weil sie Leute kannte?"

„Naja. Nein. Sie ... dauernd kam irgendwer an unseren Tisch und hat sie begrüßt. Ich hab da keinen Bock drauf."

Klingt für mich völlig unverständlich. „Was ist so schlimm daran, dass Leute sie begrüßen?"

„Ach. Das waren alles coole Typen ... die steht doch überhaupt nicht auf mich. Sie war nur mit mir aus, um ins Ensemble reinzukommen."

„Hat sie denn nach dem Theater gefragt?"

„Nein. Aber – ich merke das. Die findet mich langweilig."

Vor meinem inneren Auge ziehen all die selbstbewussten, attraktiven Frauen vorbei, die sich an Felix, seit ich ihn kenne, schon die Zähne ausgebissen haben. Der Mann hat echt eine Meise! Aber anscheinend ist ihm nicht zu helfen. Also spare ich mir jeden Kommentar.

„Ich hab aber wen anders kennengelernt", bekennt er jetzt: „Peggy."

Skeptisch sehe ich ihn an.

„Ja, ich weiß, der Name. Man denkt, sie wäre ein bisschen einfach. Aber – sie ist ein wirklich liebes Mädchen. Wir haben uns schon ein paar Mal getroffen. Sie will auch Kinder."

Ich kneife die Augen zusammen, weil ich langsam das Gefühl habe, dass die Realität mir entgleitet. Mein Sohn, mein Vater, meine Chefin, jetzt offenbar mein bester Freund – um mich herum scheinen alle verrückt geworden zu sein. Was für eine Peggy soll das sein? Ich habe noch nie einen Menschen getroffen, der bis drei zählen kann und sich so nennen lässt.

„Ich hab sie beim Einkaufen kennengelernt. Im Supermarkt."

„Arbeitet sie dort?"

„Nein", sagt er entrüstet: „Sie arbeitet im Nagelstudio."

Den Mund voll Kölsch, kann ich den Impuls, laut herauszuprusten, gerade noch unterdrücken. Allerdings um den Preis, dass mir das Bier in die Nase steigt. Fünf schreckliche Minuten später ist mein Hemd eingesaut, was jetzt wenigstens zu den Cola-Schuhen passt. Vermutlich sind auch alle trotteligen Touri-Gäste in der Bar sind auf mich aufmerksam geworden, aber immerhin habe ich es geschafft, mich zu Peggy nicht weiter zu äußern – und meine neu gekittete Freundschaft mit Felix nicht gleich wieder auf dünnes Eis zu stellen. Er spürt trotzdem, was ich nicht ausspreche: Seine Angst vor Frauen, die etwas im Kopf haben, ist komplett gestört. Vor allem, weil er eigentlich genau die toll findet.

„Wir könnten ja zur Abwechslung mal über dich reden", schlägt er vor.

„Da gibt es nichts zu reden."

„Eben. Wie lange liegt nochmal deine letzte Beziehung zurück?"

„Das kann man doch nicht vergleichen. Ich brauche keine Beziehung, weil ich das alles schon gehabt habe. Familie funktioniert für mich nicht."

„Dann frag dich doch mal, warum, statt dich über mich lustig zu machen."

Genervt schaue ich ihn an. Er kennt doch die ganzen Geschichten! „Du weißt genau, was für eine Nervensäge Susanne ist."

Jetzt ist er es, der sich fast am Kölsch verschluckt. „Gibt ja noch andere Frauen auf der Welt."

Ich weiß wirklich nicht, was das jetzt soll. „Ja, die gibt es, und die gibt es auch gelegentlich in meinem Leben. Was hast du für ein Problem?"

„Du sagst es: gelegentlich. Was ist falsch daran, mit einer netten Frau dauerhaft zusammen zu leben?"

„Gar nichts ist daran falsch. Aber so nett fand ich die halt alle nicht."

Er grinst diabolisch. „Natürlich nicht. Ich erinnere mich an eine albanische Krankenschwester, die 23 Jahre jünger war als du, und die du mit Ach und Krach nach drei Nächten wieder losgeworden bist. Außerdem eine Trulla, mit der du eine kurze Affäre hattest, nachdem du sie im Suff bei der Trauerfeier nach der Beerdigung deiner Mutter kennengelernt hast. Mehrere Frauen, an die du dich nur herangetraut hast, weil sie in festen Beziehungen waren und es klar war, dass zwischen euch sowieso nichts Dauerhaftes entsteht. Ach ja, und dann gab es da noch diese Sozialarbeiterin, von der du dich zum ersten Mal seit Jahren wirklich verstanden gefühlt hast. Aber aus irgendeinem Grund hat dich gerade die Nähe zwischen euch beiden so fertig gemacht, dass du depressiv wurdest. Willst du mich jetzt wirklich damit nerven, warum ich lieber Peggy als Claire treffe?"

Weil er leider recht hat, gebe ich mich geschlagen. Ich bin nicht gerade ein Ass in Beziehungen, also lasse ich ihn mit seiner Supermarkt-Bekanntschaft einfach mal machen. Wir fangen wieder an, über Nastacia, Leila und Piotr zu lästern und trinken Kölsch, bis der Laden schließt.

Ziemlich besoffen falle ich irgendwann ins Bett – mit dem guten Gefühl, meinen besten Freund wieder zu haben, und dem Scheiß-Untergefühl, dass er einen ziemlich wunden Punkt getroffen hat, als es um meine Frauengeschichten ging.

Kapitel 14

Wie wir alle vermutet haben, geht im Theater ziemlich schnell alles wieder seinen gewohnten Gang. Sogar Piotr durfte seinen Job wieder aufnehmen! Wie er das geschafft hat, ist mir allerdings nicht so klar. Ich habe den Verdacht, dass irgendein Deal, dessen Details ich gar nicht so genau kennen möchte, dabei eine

Rolle gespielt hat. Anfangs war die Stimmung noch etwas frostig, aber inzwischen wirft Leila wieder ungeniert jedem von uns ihre schmachtenden Blicke zu.

Heute zieht Florence mich nach der Aufführung zu sich. „Hendrik!", strahlt sie: „Ich habe eine Wohnung!"

„Tatsächlich? Toll! Wo denn?"

„In Kalk. Ist nichts Tolles. Genau genommen sogar ziemlich scheußlich. Aber eine Freundin von mir, die Schneiderin ist, hat in einer alten Industriehalle etwas gefunden, wo sie ihr Atelier aufbauen. Und dort ist auch Platz für zwei Schlafzimmer, also hat sie mich gefragt."

„Gratuliere!" Ich freue mich wirklich für sie, denn ich denke, es ist an der Zeit, dass sie ihre schulmädchenhafte Schüchternheit ablegt und erwachsen wird. „Was sagen denn deine Eltern dazu?"

Niedergeschlagen lässt sie den Kopf hängen. „Das ist es eben. Sie finden natürlich, dass ich da völlig falschen Umgang haben werde. Außerdem sagen sie, dass ich falsche Prioritäten setze. Und sie wollen mir nicht helfen."

Tröstend lege ich den Arm um ihre schmalen Schultern. „Das ist doch der Klassiker! So versuchen es alle Eltern, die schön bis ans Lebensende auf den Kindern glucken wollen. Lass dich davon nicht unterkriegen!"

„Nein, keine Sorge, das weiß ich schon. Es ist nur ... in der Halle ist gar nichts. Nur ein paar Trennwände. Meine Freundin kann zwar eine alte Küche von Bekannten bekommen, aber wir haben keinen, der uns hilft, sie aufzubauen. Und du hast doch mal erzählt ..."

„Ja, klar! Ich helfe euch gerne, ich weiß, wie so was geht", sage ich. Scheiße. Hätte ich mal lieber die Klappe gehalten! Aber nachdem ich ihr jahrelang erzählt habe, dass a) sie ausziehen soll und b) ich bei einem Küchenbauer aufgewachsen bin, wäre es wohl wirklich asozial, ihr nicht zu helfen. Wir verabreden uns fürs nächste Wochenende. Vorher werde ich Werkzeug bei meinem Vater holen. Das ist gar nicht schlecht; bei der Gelegenheit kann ich direkt mal nach ihm schauen.

Zwei Tage später schließe ich seine Wohnung auf, nachdem ich geklingelt habe. Er mag ja direkt wieder vergessen haben, ob ich klingele oder nicht, aber irgendwie wäre es trotzdem respektlos, einfach so hereinzuplatzen. Ich finde ihn in seiner Küche, wo er am Tisch sitzt. Soweit sieht alles normal aus, und sogar eine Thermoskanne mit Tee steht auf dem Tisch.

„Hallo, Papa", sage ich.

„Alfons", sagt er, und freut sich sichtlich. „Willst du einen Tee? Da war eben so'n nettes junges Ding hier und hat welchen gemacht."

„Hallo Papa. Ich bin Hendrik, dein Sohn. Die Frau, die hier war, war sicher vom Pflegedienst."

Er hantiert mit Tassen herum. Ob er hört, was ich sage, kann ich nicht erkennen. Also ergebe ich mich in mein Schicksal und spiele erst einmal Onkel Alfons.

„Tee wäre gut. Danke."

Wir setzen uns. Mein Vater ist bester Laune. „Ist ein hübsches Ding, die mir den Tee gebracht hat. Ich glaube, die mag mich", gluckst er. „Vielleicht gehe ich mal mit ihr aus."

Na, herzlichen Glückwunsch. Das wird ja immer toller.

„Papa, das ist die Frau vom Pflegedienst, und sie möchte ganz sicher nicht mit dir ausgehen."

Böse sieht er mich an. „Du warst immer schon missgünstig."

Es ist zum Heulen. Besser wende ich mich handfesten Themen zu. „Hör mal, ich muss eine Küche aufbauen. Da bräuchte ich Werkzeug. Kann ich mir was von dir ausleihen?"

Eine Veränderung geht über sein Gesicht. Plötzlich ist er vollkommen souverän. „Eine Küche? Einbauküche? Wie viele Schränke? Wie groß ist der Raum? Hast du schon alles dafür ausgemessen?"

„Äh – ja. Ja, klar." Natürlich nicht. Ich hoffe einfach, dass es eine stabile Wand und eine Standardküche mit nicht mehr als zwei Hängeschränken ist.

„Musst du auch die Spüle aussägen? Das kannst du doch gar nicht. Lass uns lieber zusammen hinfahren."

Mein erster Impuls ist, dass das keine gute Idee ist. Aber warum eigentlich nicht? Auf diese Weise habe ich ihn unter Aufsicht, und gleichzeitig fühlt er sich sinnvoll. Und vielleicht, ganz vielleicht, ist seine Hilfe sogar wirklich nützlich.

„Okay", sage ich. Sofort steht er auf und steuert den Nebenraum an, in dem er sein ganzes Werkzeug verwahrt. Ich folge ihm. Als er die Tür öffnet, trifft mich fast der Schlag. Sägen, Bohrmaschinen, Schraubenzieher, Wasserwaagen, einzelne Dübel, Schrauben und Nägel, Holzlatten, Leim, eine Silikonspritze und Türknaufe: Hier liegt alles, buchstäblich alles durcheinander. Bei der Erinnerung an die penible Ordnung, die mein Vater mit seinen Werkzeugen hielt, schnürt es mir die Kehle zu. Aber er scheint das Chaos gar nicht zu bemerken.

Zielsicher stapft er den Trampelpfad entlang, den er in der Mitte des Raumes freigelassen hat, greift hierhin und dorthin, und was er schließlich präsentiert, sieht in der Tat so ziemlich nach genau der Sammlung an Werkzeugen aus, die auch ich mitgenommen hätte. Er schichtet einiges um und räumt einen Werkzeugkasten frei. Sorgfältig schichtet er alles so hinein, dass der Deckel sich noch gut schließen lässt, schaut mich an und nickt. „Alles zusammen, Kamerad", ruft er fröhlich. „Wann geht's los?"

„Morgen." Ich überlege, ob ich die Werkzeugkiste hier stehenlasse, entscheide mich dann aber anders. „Das Werkzeug packe ich schon mal ins Auto. Ich hole dich dann morgen früh ab." So weiß ich zumindest, dass wir alles dabei haben, was wir brauchen.

Am nächsten Morgen bin ich sicherheitshalber etwas früher da als nötig. Kann ja sein, dass er noch Hilfe braucht. Aber angezogen und rasiert sitzt er beim Frühstück. „Dieses junge Mädchen kommt jetzt jeden Tag", freut er sich. „Hoffentlich ärgert sich Mama nicht irgendwann darüber."

Ob er meine Mutter oder seine eigene meint, kann ich nicht einschätzen. Also komme ich gleich zur Sache. „Weißt du noch, dass wir heute die Küche aufbauen wollten? Bei einer Bekannten von mir?"

Er guckt erstaunt. „Von einer Küche weiß ich nichts. Heute ist doch Wochenende! Da arbeite ich gar nicht."

Gänsehaut kriecht meine Arme entlang. Diese Demenz macht mich langsam richtig wütend. „Also – es ist privat. Ich habe einer Bekannten Hilfe angeboten. Aber ich schaffe das auch alleine. Ich hatte dich nur gestern so verstanden, dass du helfen wolltest."

Gerade, als ich gehen will, steht er auf. „Ach, was soll's. Wenn es für eine Bekannte meines Sohnes ist! Wie heißt sie denn? Eine Freundin?", fragt er mit funkelnden Augen.

Mir wird ganz warm, weil er mich jetzt wieder als seinen Sohn erkennt.

„Florence", sage ich.

„Ausländerin?", staunt er.

Also echt! „Ihre Großmutter war Französin. Macht das einen Unterschied?"

„Die Franzosen haben uns im Krieg ganz schön übel mitgespielt", grollt er.

„Florence studiert noch! Der Krieg war wirklich lange vor ihrer Zeit", entgegne ich. Nach ein wenig unverständlichem Gemurmel stapft er in den Flur. Er zieht Schuhe und Jacke an. „Worauf wartest du denn so lange? Florence rechnet sicher schon mit uns!"

Ich hatte Florence eine Nachricht geschickt, daher ist sie auf unsere Doppelbesetzung vorbereitet. Auch auf den wechselnden Gemütszustand meines Vaters. Ihre Freundin, Cemile, begrüßt uns voller Herzlichkeit. „Meine Omi ist auch ziemlich vergesslich", raunt sie mir zu. „Das ist im Alter ganz normal, sagen meine Eltern. Sie haben sie trotzdem lieb und freuen sich, dass sie jetzt bei uns wohnen kann. Sie bekommt mein altes Zimmer!"

Nachdem ich gestern Abend und heute Morgen wieder einmal Prospekte von Pflegeheimen durchgesehen habe, muss ich das erst mal verdauen. Stimmt. Manche pflegen ihre vergesslichen Eltern zu Hause. Bin ich lieblos, weil ich das nicht tue?

Derweil ist mein Vater beim Anblick der Küche in Einzelteilen hellwach geworden. „Na, da ist ja einiges zu tun", sagt er und klatscht in die Hände. „Hendrik! Wo ist der Werkzeugkoffer?" Er kommandiert mich und die Mädchen herum, bis alles so aufgebaut ist, dass er mit dem Zuschneiden der Arbeitsplatte beginnen kann. Ich habe mich kurz vergewissert, ob sie nicht teuer gewesen ist – im allerschlimmsten Fall könnte ich sie einfach ersetzen. Das wäre lästig, weil wir nochmal in den Baumarkt fahren müssten, aber es wäre kein Drama.

Tatsächlich habe ich mir aber alle Sorgen umsonst gemacht! Es dauert keine zwei Stunden, bis wir unter Anleitung meines Vaters zu viert die Küche fertig haben. Florence und Cemile strahlen. „Darf ich ihnen einen türkischen Mokka anbieten? Oder einen Tee?", fragt sie freundlich. Da verzieht mein Vater plötzlich das Gesicht. „Türkischen Mokka?", fragt er, und spuckt die Worte beinahe aus. „So was trinken bei uns nur die Gastarbeiter."

Florence schaut wie versteinert, und ich gucke entsetzt zu ihrer Freundin. Aber sie scheint die Einzige von uns zu sein, die diese Entgleisung völlig gelassen hinnimmt. „Ich mache Ihnen auch gerne einen Tee", sagt sie.

„Ja, bitte. Nicht so ein widerwärtiges ausländisches Zeug", sagt er.

„Vielleicht gehen wir einfach. Wir haben noch viel zu tun, und die Mädchen möchten jetzt sicher die Schränke einräumen", rege ich an.

„So ein Unsinn, Alfons", sagt er. „Wir haben überhaupt nichts vor, und die Mädchen möchten uns jetzt gerne Tee kochen. Oder, Fräulein?", fragt er – und klatscht Cemile auf den Hintern. Ein guter Moment, um im Boden zu versinken. Ich lege alle Autorität, die ich aufbringen kann, in meine Stimme. „Wir müssen jetzt wirklich gehen. Es tut mir sehr leid", sage ich, während ich ihn mit einer Hand unterhake. Mit der anderen schnappe ich mir die Werkzeugkiste.

„Ich weiß, dass er es nicht so meint", sagt Cemile verlegen.

„Ja. Und das ist sehr nett von dir. Aber wir gehen jetzt, bevor das hier noch peinlicher wird", insistiere ich.

Florence drückt mir einen kurzen Kuss auf die Wange. „Es ist super lieb von dir, dass du uns geholfen hast!"

„Ist schon okay. Ich hab's gerne gemacht!"

Auf dem Weg zum Auto ist mein Vater noch sauer, aber als ich losfahre, hat er schon vergessen, was gewesen ist. Ich begleite ihn bis in seine Wohnung.

Auf einmal sieht er sehr, sehr müde aus. Und traurig. „Das war ein anstrengender Tag. Ich weiß gar nicht, was ich heute wieder alles gemacht habe! Ich glaube, ich lege mich ein bisschen hin."

Es macht mich traurig, ihn so zu sehen. Es ist nicht mal eine Stunde her, dass er noch einmal seine ganze Kraft, sein Können und seine handwerkliche Geschicklichkeit unter Beweis gestellt hat! „Wir haben eine Küche aufgebaut, Papa. Es hat Spaß gemacht, mit dir zu arbeiten."

Sein Blick wird wieder schärfer. „Ja, genau. Eine Küche. Bei diesen zwei jungen Frauen. Die waren eigentlich sehr charmant. Obwohl mindestens eine von ihnen Ausländerin ist. Na, dann mach's mal gut, Alfons!"

Fluchtartig verlasse ich die Wohnung.

Kapitel 15

Mehrere Nächte lang habe ich in Online-Foren gelesen, was Leute über ihre Erfahrungen mit Demenzkranken berichten. Dass es mich weitergebracht hat, kann ich trotzdem nicht behaupten. Manche schreiben in langweiligen, seitenlangen Litaneien immer wieder das Gleiche. Andere lamentieren über die Frage, warum das gerade ihnen passiert. Oder warum das System keine bessere Versorgung für Demenzkranke vorsieht. Besonders übel sind aber die Berichte von denen, deren Angehörige riesige Geldsummen an Fremde verschenkt haben, bis sie Haus und Hof verloren haben, oder von solchen Fällen, wo sich die Menschen selbst in Gefahr gebracht haben.

Mir schwirrt der Kopf, und ich will das alles nicht mehr lesen. Trotzdem habe ich aber irgendwie das Bedürfnis, mich weiter zu informieren. Also mache ich mich auf den Weg zu einer medizinischen Fachbuchhandlung. Da wird es wohl irgendwas zu Demenz geben, oder?

Planlos schweife ich durch die Regale. Mikrobiologie und Infektiologie. Nein, das ist nicht das Richtige. Hämatologie. Pharmakologie. Humangenetik. Ich habe keine Ahnung, wo ich suchen soll.

„Kann ich helfen?" Vor mir steht eine zierliche Blondine mit Pferdeschwanz.

„Helfen?", frage ich etwas dumm, bis es mir im nächsten Moment dämmert, dass sie wohl hier arbeitet.

„Das richtige Buch finden", schiebt sie erklärend nach.

Ich spüre, dass ich rot werde. Warum muss ich mich eigentlich neuerdings bei jeder Gelegenheit zum Trottel machen? „Ich suche ... Demenz. Also ... ein Buch darüber."

„Aus dem Bereich der Neurologie oder eher zur Pflege?"

Ich bin irritiert und kann mich nicht konzentrieren. Seit wann arbeiten hübsche

Frauen in Buchläden? Ich hatte mit einem zauseligen alten Mann gerechnet.

„Wir haben auch Bücher mit Selbsttests", schlägt sie zaghaft vor.

Oh Gott, jetzt reicht es wirklich. Ich muss mich zusammenreißen. „Mein Vater ist dement. Ich würde gerne mehr darüber erfahren", erkläre ich.

„Verstehe." Sie steuert ein Regal an, lässt den Finger über die Buchrücken gleiten und zieht eines heraus. „Demenz in Theorie und Praxis", steht auf dem Titel, den sie mir in die Hand drückt. „Das hier ist sehr gut. Und sicherlich auch das, wenn es etwas konkreter sein soll." Sie drückt mir „100 Fehler im Umgang mit Menschen mit Demenz" in die Hand. „Das hier ist auch sehr schön", lächelt sie dann: „Das Herz wird nicht dement", steht auf dem Cover.

Ich sehe auf die drei Bücher in meiner Hand. „Welches würden Sie mir denn empfehlen?"

„Das kommt darauf an, was sie für ein Typ sind. Vielleicht schauen Sie in alle drei mal rein und gucken einfach, was Ihnen zusagt?" Sie zeigt auf einen Sessel. „Setzen Sie sich doch." Da ich merke, dass ich hier auftrete wie der erste Mensch, schäme ich mich gründlich. Aber ich finde es halt nach wie vor schwer, laut auszusprechen: „Mein Vater ist dement." Dann noch gegenüber einer süßen Buchhändlerin, die weder alt ist noch eine riesige Brille trägt oder sonst irgendwie entstellt ist. Nachdem ich eine Weile in den Büchern geblättert habe, entscheide ich, sie alle drei zu nehmen. Das erste kommt mir zwar etwas zu kompliziert vor, aber das will ich nicht zugeben.

„Meine Lieblingstante war auch dement", sagt sie plötzlich, nachdem ich bezahlt habe.

„Sie war? Dann ist sie jetzt wieder gesund?"

Sie schüttelt traurig den Kopf. „Nein. Sie ist gestorben."

„Oh." Ich spüre, dass ich puterrot werde. Natürlich ist sie gestorben. Das ist bei Demenz wohl immer so. Oder nicht? Ehrlich gesagt weiß ich es gar nicht. „Ist das immer so? Ich meine, endet Demenz immer tödlich?"

„Es gibt seltene Fälle, in denen Menschen sich wieder erholen. Das ist aber eher dann der Fall, wenn junge Menschen ihr Gedächtnis verlieren, zum Beispiel durch ein Trauma. Aber Demenz im Zusammenhang mit Alter – die kann eigentlich nur verzögert werden. Eine Heilung ist, soweit ich weiß, nicht möglich. Aber ich bin keine Ärztin. Ich habe mich nur viel damit beschäftigt."

„Könnten Sie sich vorstellen, mir ein bisschen darüber zu erzählen? Vielleicht bei einem Abendessen?"

Sie sieht mich mit hochgezogenen Augenbrauen an. Resolut, aber doch immerhin lächelnd, sagt sie dann: „Lesen Sie erst mal die Bücher. Und wenn sie dann noch Fragen haben, kann ich Ihnen eine sehr aktive Selbsthilfegruppe für Angehörige empfehlen, die mir auch geholfen hat."

Ich Depp hätte besser meine Klappe gehalten. Sie muss mich für einen völligen Idioten halten. Jetzt habe ich sie auch noch zum Essen eingeladen – und mir einen Korb geholt. Dummkopf.

Zu Hause lege ich mich aufs Bett und blättere in den neuen Büchern. Manches ist interessant, aber manches überfordert mich auch. Emotional und mental, wenn ich ehrlich bin. Es bleibt einfach ein trauriges Thema. Ich angle nach meinem Laptop und drehe trotz besser Vorsätze erneut eine Runde durch einschlägige Online-Foren.

Da ruft Felix an. „Sehen wir uns nachher?"

„Klar."

Es ist einer dieser wunderbaren Abende, an denen wir keine Vorstellung haben. Früher habe ich mich auf solche Abende gefreut. Mit Felix im Vrings-Eck sitzen, übers Theater lästern, Frauen kennenlernen. Ziemlich junge Mädchen, meistens. Wie Felix neulich richtig festgestellt hat, laufe ja auch ich vor echten Frauen eher weg. Aber ob Mädchen oder Frauen – jetzt kommt mir das alles irgendwie absurd vor. Ich muss mich um meinen dementen Vater kümmern, ein Altenheim für ihn finden und mich mit der Frage beschäftigen, ob ich eine Generalvollmacht von ihm brauche. Irgendwie macht das auch mich plötzlich zum alten Mann.

Ich erzähle Felix von der Buchhändlerin, aber er reagiert nur zynisch. „Wenn sie dir aufgefallen ist, kann sie nichts im Kopf haben. Falls doch, würdest du sowieso spätestens nach dem dritten Date vor ihr weglaufen. Insofern ist eigentlich wurscht, ob du dich da jetzt zum Deppen gemacht hast oder nicht."

Ist das vielleicht Freundschaft, dass man sich gegenseitig so fertigmacht?

„Was macht Piggy?", frage ich.

„Peggy", korrigiert er automatisch, ohne sichtbare emotionale Regung. „Mal sehen."

Da wir anscheinend beide gerade komisch drauf sind und es noch früh ist, entscheide ich mich dafür, wenigstens sein Fachwissen anzuzapfen. „Was denkst du über Generalvollmachten?"

Jetzt ist er nicht mehr so schnippisch wie eben, sondern macht auf Arzt.

„Generalvollmachten sind richtig wichtig! In der Notaufnahme kriegt man immer wieder mit, wie blöd es ist, wenn jemand das versäumt hat und plötzlich nichts mehr selbst entscheiden kann. Das Gericht kann dann irgendwen einfach benennen."

„Einen der Angehörigen, meinst du?"

„Nein, nicht unbedingt. Oft sogar nicht. Weil Angehörige immer irgendwie befangen sind, oder es gibt mehrere, die untereinander zerstritten sind. Damit jemand objektiv im Interesse des Patienten entscheiden kann, wählen Richter heute oft professionelle Betreuer für eine Generalvollmacht."

„Das ist ja grauenvoll!" Die Vorstellung, dass eine fremde Person durchforstet, was meine Eltern im Laufe ihres Lebens an Akten zusammengetragen haben, finde ich schrecklich. Und auch die Idee, dass ein Fremder entscheidet, wann die Wohnung meines Vaters gekündigt wird, und ob er Arthur noch einen Fünfer fürs Eis zustecken darf, behagt mir gar nicht. „Was muss ich denn tun, um so eine Vollmacht zu bekommen?"

„Der einfachste Weg ist, dass du deinen Vater darum bittest, dir eine Generalvollmacht auszustellen. Er ist zwar schon dement, hat ja aber noch klare Momente. Unter Umständen würde das noch anerkannt."

„Und wenn nicht?"

„Dann muss das in einem Gerichtsverfahren entschieden werden."

Mir ist plötzlich flau. Klar, Eltern werden alt, und man hilft ihnen beim Einkaufen oder hört sich ihre langweiligen Geschichten zum hundertsten Mal an. Darauf ist man irgendwie eingestellt. Aber soll ich jetzt meinen Vater entmündigen lassen, oder was? Und wenn ich das nicht tue, kommen fremde Leute ins Spiel, die unser Leben auf den Kopf stellen?

Ich schiebe das halbvolle Kölsch von mir weg. „Sorry, aber mir ist irgendwie nicht gut. Ich glaube, ich muss nach Hause."

Felix wirft mir diesen mitleidigen Arztblick zu, den er für Ausnahmesituationen reserviert hat. Das macht es nicht gerade besser.

Ich schüttele nur den Kopf, lege einen Schein auf den Tisch und gehe. Ich will nur noch ins Bett.

Kapitel 16

Hinter mir liegt eine anstrengende Woche. Die Proben liefen zäh, so dass im Theater alle irgendwie gereizt waren. Drei Aufführungen hatte ich diese Woche und war jedes Mal froh, wenn sie hinter mir lagen. Die ganze Situation macht mich so fertig, dass ich in den letzten Tagen nicht mal Lust hatte, mit Felix was trinken zu gehen.

Grade liege ich auf dem Bett und überlege, ob ich mich aufraffen soll, zum Sport zu gehen. Da ruft Arthur mich an. Das freut mich, denn während der letzten zwei Wochen hat er sich nicht gemeldet. „Hey, Großer", sage ich. Anscheinend die falsche Anrede, denn noch bevor er etwas sagt, kann ich der kurzen Pause anhören, dass er mich peinlich findet.

„Hallo Papa."

„Wie geht's dir?"

„Ganz okay."

„Willst du mal wieder nach Köln kommen? Oder sollen wir uns treffen? In diesem Burgerladen vielleicht?"

Pause. Dann: „Ja, klar, demnächst ... im Moment hab ich viel zu tun. Und dann ist das ja noch Opa und so."

„Ja, ich weiß. Es ist so lieb, dass du dich um ihn kümmerst. Er hängt total an dir, weißt du. Erkennt er dich denn meistens, wenn du da bist?"

„Ja ja. Alles super! Ist cool mit Opa." Die Antwort kommt erstaunlich schnell. Und ehrlich gesagt wundert sie mich auch, dafür, dass wir von meinem demenzkranken Vater sprechen. Aber ich will nicht schon wieder Zielscheibe von Arthurs Elternverachtung werden, also hinterfrage ich das nicht.

„Ich wollte fragen, ob du ihn heute besuchst."

„Ich? Heute? Äh, keine Ahnung. Hab ich mir noch nicht überlegt. Warum?"

„Nur so. Weil doch Samstag ist. Da hast du doch meistens Zeit. Also, ich wollte dir nur sagen, ich fahre gleich mal hin. Dann brauchst du das heute nicht zu machen."

„Okay." Irgendwas ist hier komisch. Aber vielleicht bin ich auch einfach nur paranoid. „Ja, das ist doch prima. Dann ... besuch doch du heute Opa. Und ... zu mir schaffst du es aber nicht?"

„Nee, sorry. Ein anderes Mal. Ich muss jetzt auch los."

Abrupt legt er auf. Ich starre benommen meine Schlafzimmerdecke an. Weil ich mir keinen Reim auf die Sache machen kann, drehe ich mich zur Seite und schlafe nochmal eine Runde. In einem Punkt lag Arthur nämlich richtig: Heute habe ich Zeit.

Vom Türklingeln werde ich wach. Habe ich etwas bestellt? Ich kann mich nicht erinnern. Aber es ist tatsächlich der Paketbote. Er drückt mir ein Päckchen in die Hand. Ich öffne es – und da fällt es mir wieder ein. Genau. Das war so ein Laken, das ich bestellt habe. Eigentlich hätte es schon vor zwei Wochen kommen sollen, aber es kommt aus einer kleinen Bio-Weberei, und die hatten Lieferschwierigkeiten. Ich ziehe den Stoff auseinander. Es kommt mir glatt vor, aber plötzlich weiß ich nicht mehr, was ich damit soll. Momentan geht mir so viel im Kopf herum, dass ich abends ins Bett falle, ohne mir Gedanken über Knitterfalten in der Bettwäsche zu machen. Vielleicht ist wenigstens das ein Vorteil der Misere, in der ich stecke. Vielleicht ist es aber auch nur Ausdruck meiner eigenen Verwahrlosung und Nachlässigkeit.

Da ich nun einmal wach bin, kann ich auch rausgehen. Ich kratze mir übers Kinn. Das ist noch unrasiert. Egal. Ich trinke einen Rest kalten Kaffee, der von irgendwann in der Küche steht. Und jetzt?
Arthurs Anruf fällt mir ein. Vielleicht habe ich mir ja eingebildet, dass er abweisend war. Vielleicht wäre er froh, wenn ich ihn zu seinem Opa begleite. Immerhin ist es nicht leicht mit ihm – das erlebe ich ja selbst regelmäßig. Erstaunlich, wie Arthur das überhaupt alles wegsteckt. Ja. Ich glaube, das ist eine gute Idee: Ich werde hinfahren und sehen, ob ich ihn dort noch antreffe.

Da auf mein Klingeln hin keiner öffnet, schließe ich die Tür auf. „Papa? Arthur?“ Aus dem Wohnzimmer höre ich den Fernseher. Ein ungewohntes Geräusch, denn seit dem Ausbruch seiner Demenz findet mein Vater die

Tastenkombination, die zum Einschalten des Gerätes erforderlich ist, kompliziert und verzichtet meistens darauf. Ich öffne sanft die Tür, um niemanden zu erschrecken. Mein Vater sitzt in seinem schäbigen, alten Ohrensessel. Da er völlig vertieft in eine Tiersendung ist, klopfe ich erst einmal gegen den Türrahmen. Er blickt auf und legt den Kopf schief.

„Hallo, Alfons!"

Natürlich. „Hallo, Papa."

„Der Fernseher funktioniert wieder", berichtet er mir hocherfreut.

„Der war auch vorher nicht kaputt. Er lässt sich nur schwer einschalten."

„Immer weißt du alles besser. Aber ich brauche deine Hilfe jetzt gar nicht mehr. Da war ein freundlicher junger Mann von der Fernseh-Firma, der hat ihn mir repariert."

Ich muss grinsen, erstarre aber gleich darauf, als ich höre: „Nur teuer ist das inzwischen! Mein lieber Schwan. Dafür kann man ja gleich einen neuen Fernseher kaufen!"

„Papa?" Ich durchquere das Zimmer und stelle mich vor den Bildschirm. Er beugt sich zur Seite, um an mir vorbeizusehen. „Du stehst im Bild!"

„Papa! Was war da für ein Mann von einer Fernseh-Firma?"

„Weiß ich doch nicht. So ein Halbwüchsiger halt. Er kommt immer, wenn der Fernseher kaputt ist." Verstohlen grinst er mich an. „Zum Glück habe ich noch ein paar geheime Ersparnisse im Schlafzimmer versteckt! Von der Schwarzarbeit früher." Er lacht fröhlich, während mir ganz schlecht wird.

„Was für Ersparnisse sind das? Papa!"

Er ist schon wieder abgetaucht in seinen Film. Der Sprecher erzählt etwas über Pinguine, die am Kap der guten Hoffnung siedeln.

Aus dem kleinen, altmodischen Barschrank nehme ich mir einen Cognac. Das kann doch wohl alles nicht wahr sein! Ich gehe in die Küche, um erst mal einen klaren Gedanken zu fassen. Kann es sein, dass Arthur auf diese Weise sein Taschengeld aufbessert? Er fährt nach Köln, schröpft die letzten Ersparnisse seines Opas, schaltet ihm dafür den Fernseher ein und fährt wieder?

Mir ist schlecht, und ich würde ihn am liebsten sofort anrufen und zur Rechenschaft ziehen. Oder mit seiner Mutter sprechen. Aber ich weiß, dass sie dann im Zweifel ihn anruft, und dann wird er sich eine Ausrede zurechtlegen. Das will ich nicht. Ich will wissen, was hier läuft.

„Papa?"

Mein Vater murmelt nur etwas Unverständliches und reagiert nicht. Mir sind Respekt und Förmlichkeiten jetzt auch egal – dann verabschiede ich mich halt nicht. „Ich bin weg", sage ich nur und ziehe die Wohnungstür hinter mir zu.

Zu Hause wühle ich in Aktenordnern, die ich seit Jahren nicht mehr in der Hand hatte. Irgendwo hier sind die Zugangsdaten zu Arthurs Konto. Ich habe sie noch nie genutzt. Es verstößt gegen mein Ehrgefühl, meinem Sohn nachzuspionieren. Aber mein Instinkt sagt mir, dass das jetzt etwas anderes ist, und dass ich hier fündig werde.

Eine halbe Stunde starre ich auf den Bildschirm meines Laptops – und staune. Nach einigen krassen Telefonrechnungen war sein Konto auf 800 Euro ins Minus gerutscht. 800 Euro!! Fürs Telefon? Hat er eine Freundin in den USA, oder was? Aber selbst dorthin kann man ja inzwischen skypen.

In den letzten zwei Wochen gab es viermal Bareinzahlungen von jeweils 200 Euro auf Arthurs Konto. Ich notiere mir die Tage, an denen das Geld eingezahlt wurde, und lege mir einen Plan zurecht. Dann rufe ich erst mal Susanne an.

„Hi Suse, ich bin's." Wir sprechen nur noch selten, daher ist sie verständlicherweise überrascht.

„Hallo Hendrik. Wie geht es dir?"

Nach ein bisschen Smalltalk lenke ich das Gespräch auf meinen Vater. Ich frage, wie Arthur damit zurechtkommt, den Opa auf diese Weise zu verlieren. Sofort stimmt sie eine Lobeshymne auf seine Hilfsbereitschaft und Tapferkeit an.

„Es ist einfach unglaublich, wie oft er sich die Zeit nimmt, zum Opa zu fahren. Ich glaube, allein in den letzten zwei Wochen war er vier- oder fünfmal da."

„Tatsächlich? Wie schafft er das denn mit der Schule?"

„Ich weiß es nicht. Wahrscheinlich ist er einfach sehr gut."

„Was heißt wahrscheinlich? Guckst du dir seine Noten nicht an?"

„Ach, Hendrik. Du weißt, dass ich es ablehne, mein Kind zu kontrollieren. Dieser ganze Druck schadet nur der Entwicklung seiner Persönlichkeit."

Grimmig nicke ich. Die Persönlichkeit hat sich anscheinend ganz fantastisch entwickelt. „Du hast völlig Recht. Es ist toll, dass er sich die Zeit nimmt. Weißt du zufällig, wann er in Köln war?" Wenn das nicht zu viel Kontrolle ist, versteht sich.

Sie klappert mit Geschirr. Vermutlich gießt sie sich gerade einen ihrer Entspannungtees auf. „Dienstags hat er nicht so lange Unterricht. Ich glaube, dienstags fährt er gerne. Mittwoch wäre es zu knapp, da ist lange Schule ... ach, wann hat er es mir erzählt ... donnerstags, glaube ich, ist auch so ein Tag."

Als hätte ich es geahnt. Pünktlich an den Abenden dieser Tage wurden jeweils 200 Euro in bar auf Arthurs Konto eingezahlt. Das muss ich erst mal verdauen.

„Wir können uns wirklich zu unserem Sohn beglückwünschen. Vielleicht sehen wir uns demnächst mal, um zu besprechen, wie wir ihm in Zukunft zur Seite stehen können", quetsche ich hervor.

„Du hast völlig recht. Es ist schön, dass du angerufen hast. Aber jetzt muss ich aufhören – ich arbeite gerade an einem Bild, und ich muss weitermachen, bevor die Farbe trocknet."

Na prima. Ich lasse das Telefon aufs Bett fallen, schnappe es mir aber direkt wieder.

„Felix? Können wir uns sehen?"

Keine Stunde später sitzt er bei mir in der Küche. Ich habe ein paar Nudeln ins Wasser geschmissen und lasse meinen Frust an einem Stück Käse aus, das ich über die Reibe hobele, bis Käsestückchen durch die ganze Küche fliegen.

„Du musst dich um eine Generalvollmacht kümmern", sagt er – wieder mal.

„Wenn das jetzt überhaupt noch geht. Er ist doch schon total dement. Vielleicht würde das nicht anerkannt."

„Unsinn. Er ist ja noch geschäftsfähig. Du brauchst nur seine Unterschrift, und am besten noch die Unterschrift eines Zeugen, der bestätigt, dass du deinen Vater nicht zur Unterschrift gezwungen hast. Ich mach das für dich, wenn du willst."

„Und wie sieht so eine Vollmacht aus?"

„Dafür gibt es Vordrucke im Internet. Die kannst du einfach runterladen."

Weil ich es so bald wie möglich hinter mich bringen will, stelle ich den Laptop vor ihn. „Kannst du das direkt machen?" Während ich den Salat wasche – die Salatschleuder ist auch ein wunderbares Werkzeug, um Aggressionen abzubauen – druckt er ein Formular aus. Beim Essen schaue ich es mir an.

„Und damit gehe ich zu meinem Vater, oder was? Und dann?"

„Dann gehst du hinterher damit zur Bank und sorgst dafür, dass nur noch du Zugang zu den Konten hast. Auf seine persönliche Schwarzgeldkasse hat er dann natürlich trotzdem noch Zugriff."

Ich stochere in den Spaghetti herum. Felix spricht aus, was ich denke. „Als nächstes musst du dir dann wohl mal Arthur vorknöpfen."

Wenn ich bloß wüsste, was mit dem Jungen los ist. „Meinst du, ich hätte Susanne von der Sache mit dem Geld erzählen sollen?"

„Erst mal nicht. Aber irgendwann schon."

Während wir essen, komme ich zur Ruhe und in meinem Kopf formt sich ein Plan. „Morgen rede ich mit meinem Vater. Wäre cool, wenn du mitkommst. Als nächstes schnappe ich mir Arthur und kriege raus, wofür der so viel Geld braucht. Dann rede ich mit Susanne."

„Ist doch klar, wofür er das Geld braucht!"

Ach ja? „Also mir nicht. Der Junge hat eine Flatrate. Wie soll da eine Telefonrechnung von 800 Euro zustande kommen?"

Felix grinst. „Manchmal bist du echt von gestern. Telefonrechnungen sind doch nicht mehr nur fürs Telefonieren! Der hat wahrscheinlich gezockt."

„Wie – gezockt?"

„Na, der spielt irgendwelche Online-Spiele. Und dafür gibt es dann Zusatz-Tools, und Extras ... und die kosten Geld. Man kauft sie, und die Abrechnung kommt über die Telefonrechnung."

Das ist mir neu. Ich konnte schon mit Gesellschafts- und Kartenspielen nichts anfangen, ganz zu schweigen von Computerspielen.

„Du meinst, so verrückt ist der? Verballert 800 Euro für – nichts?"

„Er wäre ja nicht der Einzige! Steht doch regelmäßig in den Zeitungen: Computersucht bei Kindern, Gerichtsprozesse darüber, ob die Eltern Rechnungen zahlen müssen, wenn die Kinder noch unter 14 sind ..."

Ich dachte immer, das beträfe die Brut von bildungsfernen Schichten. Aber es scheint eine logische Erklärung zu sein. Scheiße. Ich leere mein Weinglas und mache eine zweite Flasche auf. „Kommst du morgen mit zu meinem Vater?"

Klar kommt er mit. Felix ist zwar irre, wenn es um Frauen und Familiengründung geht, aber er ist und bleibt ein Freund, auf den man sich verlassen kann. Wenigstens der ist mir noch geblieben.

Kapitel 17

Eins muss man Felix lassen: Er kann wirklich gut mit alten Leuten umgehen.
Vermutlich könnte er ein grandioser Arzt sein, wenn er nur wollte. Jedenfalls
hat er erstens geschafft, dass seine Nachbarin einen Frankfurter Kranz für ihn
gebacken hat, der wunderbar nach der Zeit meiner Kindheit schmeckt, und wir
jetzt zweitens bei meinem Vater in der Küche sitzen, der bester Laune ein Stück
Kuchen nach dem anderen in sich reinstopft und von früher erzählt. Mal spricht
er uns als Felix und Hendrik an, dann wieder als Alfons und Jupp – wer auch
immer Jupp gewesen sein mag.

Im Vorfeld haben wir darüber diskutiert, ob wir meinem Vater erklären, was er
unterschreiben soll, oder ob wir es ihm einfach vorlegen und hoffen, dass er es
nicht so genau liest. Schließlich habe ich mich von Felix überzeuge lassen. Der
meinte, es sei vielleicht nicht so sehr für meinen Vater, aber bestimmt für mich
wichtig, dass ich offen mit ihm spreche. „Sonst fühlst du dich für den Rest
deines Lebens als Betrüger", meinte er. Das hat mich überzeugt.

Gerade gibt Felix Geschichten von seinem Großvater zum Besten. „Der hat sein
Haus nicht nur selbst gebaut: Der hatte sogar die Ziegel für den Bau selbst
gebrannt. Und die Dielen, die drinnen lagen, hatte er alle selbst zurecht gesägt
und glatt gehobelt", prahlt er. Was davon stimmt, weiß ich nicht, aber mein
Vater lauscht gebannt. Fleißigen Handwerkern galt schon immer sein größter
Respekt.

„Wer wohnt jetzt in dem Haus?"

„Es wurde vor ein paar Jahren abgerissen, und stattdessen steht dort jetzt ein
modernes Bürohaus." Oh Mann, greift der tief in die Klischeekiste. Aber es
wirkt. „Wie kann das denn sein?", ereifert sich mein Vater. Jetzt beginnt Felix'
ganz großer Auftritt. Schließlich sind wir Schauspieler.

„Das war sehr traurig. Mein Großvater wurde mit den Jahren immer vergesslicher. Hat viele Rechnungen nicht bezahlt. Nicht einmal aufgemacht."

Mein Vater schielt dezent Richtung Flur, wo ein Stapel ungeöffneter Briefe auf der Kommode liegt.

„Er zog sich auch immer mehr zurück. Deswegen hat am Anfang niemand gemerkt, dass er nicht mehr ganz der Alte war. Als klar war, dass er Hilfe braucht, hat mein Vater versucht, eine Vollmacht von ihm zu bekommen – aber das hat mein Großvater leider ganz falsch aufgefasst. Er fühlte sich plötzlich bedroht. Er dachte, mein Vater wollte an sein Erbe. Dabei geht es meinen Eltern finanziell wirklich gut!"

„Und dann?", fragt mein Vater.

„Es gab einen riesigen Streit. Mein Großvater hat meinen Vater vor die Tür gesetzt. Und irgendwann wurde dann vom Gericht ein Betreuer für ihn eingesetzt. Der bekam Zugang zu allen Konten und konnte sämtliche Entscheidungen treffen, ohne jemanden aus der Familie zu fragen. Er hat das Grundstück für einen viel zu niedrigen Preis an eine Immobilienfirma verkauft. Wir glauben, dass er dafür von denen eine reichliche Provision bekommen hat. Aber nachweisen konnten wir das nie. Mein Großvater hat schließlich die letzten Jahre seines Lebens in einem Altenheim verbracht. Es war ein schönes Haus und die Leute waren nett, aber den Verlust seines Hauses hat er nie verwunden. Er war völlig durcheinander und traurig. Einmal, kurz vor seinem Tod, war er plötzlich ganz klar im Kopf. Da sagte er, dass er sich wünschte, er hätte seinem Sohn eine Vollmacht gegeben, als es noch möglich gewesen wäre."

Mein Vater schaut plötzlich sehr nachdenklich, und ich traue mich kaum zu atmen. Es ist wie auf der Bühne, wenn der Höhepunkt kommt – und du genau weißt, dass ein falscher Ton die ganze Spannung zerstört. Unerwartet fixiert mein Vater mich. „Du bist nicht Alfons", sagt er.

„Nein."

„Ich sollte dir so eine Vollmacht geben."

„Das wäre gut." Aber wie legen wir ihm jetzt das Formular vor, ohne dass es völlig vorbereitet wirkt? Dafür war uns keine Lösung eingefallen. Aber mein alter Herr überrascht uns. Er zieht die Schublade auf, die sich unter der Resopalplatte des alten Küchentischs verbirgt, kramt kurz und nimmt dann ein Blatt raus.

Er legt es vor uns auf den Tisch.

Ich sehe Felix an, der die Formulare zu kennen scheint.

Verstohlen nickt er mir zu. „Eine Generalvollmacht und dazu auch noch eine Patientenverfügung? Das war eine sehr kluge Entscheidung von ihnen, Herr Pischke."

Mein Vater schaut die Blätter an, dann mich. „Deine Mama wollte, dass ich das mache." Plötzlich steigen Tränen in seine Augen. „Deine Mama will nur das Beste für dich, weißt du? Wenn sie nicht so viel zu tun hätte, wäre sie auch jetzt zum Kaffeetrinken hier. Aber sie musste sich um die Wäsche kümmern. Die Woche über kommt sie nicht dazu. Und dabei mag sie so gerne Kuchen. Wir sollten ihr ein Stück übriglassen. Aber jetzt müsst ihr wirklich gehen. Ich werde die Teller abspülen. Sonst regt sie sich auf, wenn sie aus der Waschküche rauf kommt."

Es fröstelt mich. Das triumphale Gefühl, das ich angesichts von Felix' erfolgreicher Darbietung hatte, ist Übelkeit und einem bitteren Geschmack im Mund gewichen.

Kapitel 18

Während ich über die Landstraße durch den Westerwald gurke, lege ich mir im Kopf zurecht, wie ich das Gespräch einleiten könnte. Nicht gleich so wütend werden, ermahne ich mich. Nicht mit der Tür ins Haus fallen.

Ich hatte überlegt, ganz unangekündigt zu kommen. Aber dann sind sie vielleicht nicht da. Also habe ich Susanne vorgelogen, dass die Situation mit meinem Vater mich belastet und ich mit ihr darüber reden möchte, weil sie ihn noch von früher kennt. Und dass ich Arthur lange nicht gesehen habe, und es toll wäre, wenn ich ihn bei der Gelegenheit auch treffen könnte. Ich hätte eine Überraschung für ihn.

Zumindest der letzte Teil stimmt ja.

„Armer Hendrik. Ich spüre die verwirrten Schwingungen, die von dir ausgehen. Das ist kein Wunder, denn die Persönlichkeit deiner Mutter war enorm", hatte meine Esoterik-Ex-Frau dazu gemeint.

Ich sah nicht, was meine Mutter damit zu tun hatte, erfuhr es aber sofort. „Ihr standet ja beide immer in ihrem Schatten. Nach ihrem Tod erreicht das Licht der Sonne euch nun zum ersten Mal direkt – und das überfordert euch beide! Ehrlich gesagt, muss man sich ja nicht nur um deinen Vater Sorgen machen."

Sollte das heißen, dass ich der nächste Demente sein würde? Ach, was soll's. Müßig, das zu klären. „Also, können wir dann mal sprechen?"

Hilfsbereit, wie sie gelegentlich, und neugierig, wie sie immer ist, hat Susanne mich natürlich gleich zum Abendessen eingeladen.

Als ich vor der kleinen Hütte halte, in der sie ihr Atelier, eine Wohnküche und irgendwie auch zwei Schlafplätze eingerichtet hat, bin ich sofort genervt. Vor der Tür steht ein Sammelsurium von alten Marmeladengläsern, teils mit eingetrockneter Farbe, teils mit Regenwasser gefüllt. Der knorrige Apfelbaum hat, muss ich zugeben, Charme. Aber was ist mit dem rostigen Regenfass und dem Haufen alter Holzlatten? Irgendwie wirkt es verwahrlost. Das macht mich wütend. Über ihre messiehafte Unordnung habe ich mich schon aufgeregt, als wir noch zusammenlebten.

Die Tür geht auf. Ein Schwall Räucherstäbchenluft ergießt sich über mich. Dann nehme ich meine Ex-Frau wahr, in einem wallenden, lila-grün schimmernden Gewand. „Hendrik!"
An meinen Vorsatz denkend, lache ich sie freundlich an. Nicht gleich mit der Tür ins Haus fallen. Du bist Schauspieler, ermahne ich mich selbst.

Drinnen erkennt man gleich, dass der Schrott draußen nur ein zaghafter Ausläufer des eigentlichen Problems ist. Bücher, Stoffballen, Farben, Wollknäuel, Notenblätter und angefangene Gipsfiguren geben sich hier ein heiteres Stelldichein. Ganz auf mein Ein- und Ausatmen konzentriert, folge ich ihr in die Küche. Hier riecht es immerhin gut und einladend. Unter etwas verlegenem Geplänkel schaufelt sie mir Kürbissuppe auf einen Teller.
„Was ist mit Arthur?", frage ich.
„Der kommt gleich."
Hm.
Wir setzen uns. Zu zweit. „Dann erzähl mal", ermuntert sie mich. Oh Gott. Da habe ich mir ja was eingebrockt. Kein Arthur weit und breit, und ich soll einen Seelenstriptease machen? Das hatte ich mir so nicht vorgestellt.
„Naja, viel zu tun in letzter Zeit."
Mit einem überlegenen Wissen, das mich sofort aggressiv macht, lächelt sie mich an. „Ich verstehe, dass es für dich schwer ist. Das liegt an deinem Ödipus-Komplex, und dass du nie den Vater hattest, den du dir gewünscht hättest."
Ich merke, wie der Löffel, den ich mit beiden Händen fest umklammert halte,

langsam nachgibt. Wie bitte?

„Nur schade, dass sich das jetzt für Arthur wiederholt."

Klirr. Der Löffel ist mittendurch gebrochen. Gleichzeitig klappert es von der Haustür. Susanne, die nur das zu merken scheint, steht auf. „Wie schön! Da ist Arthur ja schon."

Schnell jetzt! Während ich versuche, Puls und Atmung unter Kontrolle zu bringen, schiebe ich die zwei Hälften des Löffels in meine Jackentasche und nehme mir den, der vor Arthurs leerem Teller liegt. Das war knapp! Schon betreten beide wieder die Küche.

Arthur wirkt wenig begeistert, als er mich sieht.

„Hi", sagt er gleichgültig und bleibt stehen.

„Hendrik besucht uns zum Essen", zwitschert Susanne.

„Kein Hunger", sagt er gelangweilt.

„Würdest du dich vielleicht bitte trotzdem hinsetzen?", fahre ich ihn an. Susannes aufgeschreckten Blick ignoriere ich.

„Wieso?"

Jetzt reicht's. Ich werde mir das ganze Theater drum herum schenken und direkt zur Sache kommen.

„Deswegen", sage ich, und ziehe die Kontoauszüge aus meiner Jacke.

„Was soll das sein?", fragt er abweisend, wirkt aber doch verunsichert und macht einen langen Hals, um zu erkennen, um was für Papiere es sich handelt. Susanne sieht mich fragend an.

„Es sind Kontoauszüge. Deine Kontoauszüge. Und ich möchte jetzt gerne wissen, wie du zu 800 Euro Schulden kommst, und ob du dir ernsthaft von deinem demenzkranken Großvater Geld dafür bezahlen lässt, dass du ihm den Fernseher einschaltest?"

Arthur wird erst weiß, dann rot. Sagen tut er nichts.

„Hendrik, ich dachte ..."

„Sorry, Susanne, wenn ich eine Ausrede benutzt habe, aber ich wollte nicht, dass er sich erst eine zurechtlegen kann."

Verletzt guckt sie auf ihre Kürbissuppe. Oh Mann. Sie nervt, aber jetzt habe ich trotzdem ein schlechtes Gewissen. Dafür kommt in Arthur langsam wieder Leben.

„Opa hat mir früher auch manchmal Geld gegeben. Was stört dich daran?"

„Opa hat dir früher mal fünf oder zehn Euro gegeben! Aber hier reden wir von 800 Euro in ein paar Wochen, und du hast ihm noch vorgelogen, dass es fürs Fernsehen ist!"

Susanne schnappt nach Luft. „800 Euro? Das kann ich mir gar nicht vorstellen!"

Leider sprechen die Kontoauszüge eine deutliche Sprache, die auch sie nicht anders interpretieren kann.

Arthur bleibt störrisch und zuckt die Schultern. „Ich hatte ja gefragt, ob ich mehr Taschengeld kriege."

Nur mit Mühe gelingt es mir, ihm die Blätter, die ich in der Hand halte, nicht um die Ohren zu hauen. „Ich möchte jetzt wissen, wofür du so viel Geld brauchst!"

Unbeeindruckt guckt er mich an. „Freunde halt."

„Arthur!" Inzwischen brülle ich, aber das ist mir egal. „Ich habe auch Freunde, und ich hatte auch welche, als ich so alt war wie du. Aber Geld habe ich dafür nicht gebraucht! Was läuft hier?"

Susanne wirft mir einen missbilligenden Blick zu und legt Arthur die Hand auf die Schulter. „Du weißt, du kannst mit mir reden, Schatz! Hast du ein Problem? Wirst du in der Schule gemobbt?"

Arthur guckt von ihr zu mir. Schließlich knickt er ein. „Na, wir spielen halt."

Da keiner von uns antwortet, plätschert langsam etwas mehr Erklärung aus ihm heraus. „Clash of Clans. Das ist so ein Computerspiel. Alle spielen es."

„Und das kostet 800 Euro?"

„Naja, nein, erst mal nicht, aber wenn man gut sein will, schon."

Ein Computerspiel? Da gibt es ja nicht mal einen echten Gegenwert. „Was bitte kauft man denn da so?", will ich wissen.

Wieder einmal zuckt er die Schultern. „Bonuspakete. Waffen. Helden. Elixier. Truppen."

Ich glaube, ich bin bei Alice im Wunderland gelandet.

Endlich kommt auch in Susanne etwas Leben. „Waffen? Dann machst du – Kriegsspiele?" Sie weint fast.

Na, was für ein Glück, dass mein Sohn das Geld meines Vaters nicht in Computerspiele steckt, in denen es um süße Tiere geht! Dann wäre sie vermutlich noch einverstanden.

Arthur rollt die Augen. „Das ist ja nicht echt! Meine Freunde machen es auch alle. Einfach jeder spielt das!"

„Wie viele Stunden am Tag hängt man eigentlich am Handy, um solche Rechnungen zu haben?", frage ich.

„Keine Ahnung. Zwei Stunden. Vielleicht auch drei."

„Also vier oder fünf. Mindestens." Wir schauen uns in die Augen, einer so grimmig wie der andere. „Damit ist jetzt Schluss, mein Sohn. Gib mir dein Handy, ich nehme es mit."

Tränen treten in seine Augen. „Du bist so gemein! Wenn du das machst, werde ich völlig gedisst! Nur Loser spielen da nicht mit!"

„Nur Loser verzocken ihr Leben!"

„Du hast keine Ahnung!"

Anderthalb Stunden später sind wir alle erschöpft, aber keinen Schritt weiter. Arthur will nicht einsehen, dass man auf diese Weise kein Geld verschwendet, schon gar nicht das von anderen Leuten. Wir sehen nicht ein, dass Freundschaften und Seelenheil unseres Sohnes von solchem Mist abhängen sollen.

„Vielleicht finden wir einen Kompromiss", sagt Susanne zaghaft. Ja, wäre schön. Aber welchen?

„Ich könnte arbeiten gehen", murmelt Arthur leise. „Dann wäre es mein Geld." Wütend und enttäuscht, wie ich es gerade bin, habe ich keine Ahnung, ob das eine gute Idee wäre. Vermutlich wäre es ein Anfang. Wenn er arbeitet, bleibt weniger Zeit zum Zocken. „Die Schule ist aber auch wichtig", fordere ich.

Am Ende dieses miserablen Abends steht schließlich ein Zeitplan. Arbeiten, Schule, zocken und den Opa besuchen kommen darin vor. „Zum Opa komme ich die nächsten Male mit", sagt Susanne mit dünner Stimme. Für sie ist heute eine Welt zusammengebrochen.

Aber ich muss, als ich ins Auto steige und alles geklärt ist, kurz grinsen. Ein bisschen schadenfroh bin ich ja doch. Da ist meine Ex-Frau mit ihrer weichgespülten Erziehung wohl ordentlich auf die Schnauze geflogen.

Kapitel 19

Am nächsten Tag bin ich noch immer ziemlich fertig. Es frustriert mich, dass mein Sohn sich so entwickelt hat. Ich mache mir Vorwürfe. Hätte ich das irgendwie verhindern können? Bestimmt, wenn ich ein bisschen mehr für ihn dagewesen und weniger mit Felix um die Häuser gezogen wäre. Andererseits wohnt er 40 Kilometer von mir entfernt. So oder so hatte ich nach der Trennung keine Chance mehr, die Vertrauensperson Nr. 1 in seinem Leben zu sein. Im Wesentlichen hat es doch Susanne verbockt, und deswegen bin ich verdammt sauer auf sie.

Eine kleine Stimme in meinem Kopf sagt mir, dass es nicht fair ist, ihr die ganze Verantwortung zuzuschieben.

Aber scheiß drauf. Er wohnt bei ihr, und bei ihr ist er spielsüchtig geworden. Sie hat es verkackt.

Außerdem ärgere ich mich, weil die neuen Bio-Bettlaken ein Loch haben. So ein Mist. Nur weil die Trottel es nicht schaffen, anständige Qualität zu produzieren, muss ich jetzt schon wieder ein Paket zu Murat bringen.

Unterwegs fällt mir ein, dass der gestörte Heinrich heute nach der Vorstellung seinen Geburtstag feiern wollte. Scheiße. Das fehlte noch zu meinem Glück. Ein Geschenk habe ich auch nicht.

Absagen? Nein, das geht echt nicht. Heinrich hat sogar ein Catering bestellt. Davon redet er schon seit Wochen. Ist anscheinend ein runder Geburtstag, und er wäre echt sauer, wenn ich kurzfristig absage. Zumal wir uns vorher noch bei der Vorstellung sehen; also welche Ausrede könnte ich schon bringen?

Als ich den Kiosk betrete, begrüßt Murat mich mit ausgestreckten Händen. „Hendrik! Lange nicht gesehen!"

Ob ich ihm von Arthur erzählen soll? In seinem Kiosk kaufen viele Kids ein. Er kennt sich aus. Ich wüsste zu gerne, ob es anderen auch so geht wie meinem Sohn.

„Alter, siehst du scheiße aus", sagt Murat. Schön, wenn Freunde offen sind. Ich fahre mir mit den Händen durch die Haare. Ach, was soll's. Lasse ich halt die Hosen runter. „Ist auch alles ziemlich beschissen gerade."

„Hey! Mein Freund! Du weißt, du kannst mir alles erzählen! Ich schweige wie ein Grabstein", versichert er. „Weißt du was? Ich mach dir erst mal einen Tee, Alter!"

Ein paar Minuten später halte ich ein kleines, bunt bemaltes Teeglas mit heißem, starkem Tee und viel Zucker in den Händen. Ich bin saufroh, dass ich Murat habe. Der ist einfach, aber nicht so gestört wie meine Kollegen. Wunderbar geradeaus.

Ich erzähle die ganze Geschichte. Zwischendurch werden wir ein paar Mal unterbrochen, zuletzt von einem älteren Mann, der vier Tüten und einen Rucksack voll Pfandflaschen reinschleppt.

„Schon vorsortiert", sagt er stolz und stellt seine Fundstücke nach und nach auf die Theke. Murat zählt und rechnet. Es sind 14 Bierflaschen und vier Wasserflaschen aus Glas und 27 PET-Flaschen.

„Müssten 8,33 Euro sein", sagt der alte Mann.

Murat nickt.

Der Mann sieht mich an. „Ist für die Kinder", sagt er mit leiser Stimme.

Ich habe den Impuls, ihm einen Zehner in die Hand zu drücken. Aber ich will ihn auch nicht kränken. Während ich noch darüber nachdenke, wie und ob ich ihm helfen könnte, hat er schon wieder seine Tüten zusammengerollt, in den Rucksack gesteckt und geht.

Ich gucke ihm nach. „Scheiße."

„Ja, Mann!" Murat rollt genervt die Augen und fängt an, die Flaschen wegzusortieren. „Immer kommen die und bringen mir ihren Scheiß. Warum gehen sie nicht zu REWE? Die haben Automaten."

Oh. So sieht er das. Trotzdem sage ich: „Das meine ich nicht. Klar ist es für dich nervig, aber es ist doch auch traurig. Kinder gehen nicht mehr arbeiten, sondern verzocken online das Geld ihrer Eltern. Und so ein Opi muss Pfandflaschen einsammeln, um sein bisschen Rente aufzustocken." Ich glaube nämlich nicht, dass der arme Kerl Kinder hat, für die er Flaschen sammelt. Und wenn, dann frage ich mich, warum die nicht für ihn was sammeln.

Murat nickt nachdenklich. „Stimmt schon, Alter." Er gießt mir mehr Tee ein.

„Was ist eigentlich mit deinem Vater?"

Ach ja. Den gibt es ja auch noch. Für ein paar Stunden war dieses Drama verdrängt von dem Mist, den mein Sohn verzapft. Ich zucke die Schultern. „Ich muss mich um einen Pflegeheimplatz für ihn kümmern. Er kann nicht mehr lange alleine bleiben, sonst passiert da bald echt was."

„Wir kennen so was gar nicht, mit Pflegeheim. Da kümmert sich die Familie."

„Aber ich lebe ja alleine."

„Ja, Mann, aber du hast doch eine Frau!"

Kurz stelle ich mir vor, mit meinem demenzkranken Vater und meinem pubertierenden, spielsüchtigen Sohn unter einem Dach zu wohnen, betreut von meiner zunehmend esoterischen Ex-Frau. Ein paar Wochen in dieser Konstellation, dann könnte ich gleich einen doppelten Betreuungsplatz in der Psychiatrie suchen und mich mit meinem Vater zusammen einweisen lassen.

„Murat, ich muss los! Danke für den Tee – und fürs Zuhören!"

„Gerne, Mann! Komm, wann immer du willst – Dr. Murat ist für dich da." Er grinst breit, und ich weiß genau, was er denkt: dass er mit mir nicht tauschen möchte. Recht hat er.

„Wo ist eigentlich Felix?"

„Keine Ahnung." Inzwischen sitze ich in Heinrichs und Margas Küche und bin ziemlich betrunken. Anders ist es nämlich nicht auszuhalten.

Mir gegenüber sitzt Marga mit einem kurzen Kleid, das ihre dunkel behaarten Unterschenkel gut zur Schau stellt. Damit nicht genug, spreizt sie jetzt die Beine, zwischen denen sie eine dicke Papprolle hält. „Mein Geschenke für Heinrich. Ich hab was Besonderes gemalt", erklärt sie mit vertraulich-leiser Stimme, während sie sich zu mir vorbeugt: „Für dich würd' ich so was auch gerne mal machen." Vielsagend lässt sie die Papprolle zwischen ihren Beinen kreisen.

Mir wird schlecht.

„Schön, dich mal ohne Felix zu sehen! Ist er eigentlich dein fester Partner?"

Ich pruste den Schnaps, den ich gerade gekippt habe, durch die Küche. „Mein Partner? Wie kommst du den darauf?"

Marga rutscht näher zu mir. „Muss dir nicht peinlich sein. Ich bin da ganz offen."

Weil mir schwindelig ist, halte ich mich kurz am Tisch fest. Dann stehe ich auf. „Sorry, Marga, ich muss mal wohin." Da spüre ich ihre Hand auf meinem Hintern.

„Kann ich dir helfen?"

Oh mein Gott. „Nein, Marga, echt nicht." Irgendwie schaffe ich es aus der kleinen Küche durch den Flur ins Wohnzimmer. Hier sehe ich Marius, der auf Florence einredet. Sie guckt etwas gequält. Ich will zu den beiden, aber da nimmt etwas anderes meine Aufmerksamkeit gefangen: Aus dem Wohnzimmer kommt Felix. Und er ist nicht allein.

Neben ihm geht eine zierliche Blondine, um die er besitzergreifend den Arm gelegt hat. Als ob das nötig wäre! Die wird ihm hier sicherlich keiner streitig machen. Sie verbreitet einen penetranten Geruch nach Marshmallows, hat ein dick gepudertes rosa Gesicht mit himmelblauem Glitzer über den Augen, trägt ein Paillettenkleid in Pink und dazu strahlend weiße Turnschuhe.

Vielleicht war es auch einfach zu viel Alkohol. Ich kneife die Augen zu, aber das Bild geht nicht weg. Jetzt kommen die beiden auf mich zu.

„Hendrik, altes Haus!" Felix' Stimme klingt unnatürlich kumpelhaft. Wir nennen uns nie „altes Haus". „Das ist Peggy!"

Ich starre ihn an.

„Nicht ich, du Trottel. Hier neben mir."

Nun muss ich wohl. Ich drehe den Kopf und mustere das, was ich sehe. Aus der Nähe fallen mir die knallig rosa Lippen auf, und Creolen-Ohrringe, die fast bis zur Schulter reichen.

„'sch bin Peggy", sagt die Erscheinung und streckt mir eine Hand hin.

Ich sehe Fingernägel, die in einer schimmernden Farbe lackiert sind, die ich nicht einmal benennen kann. Mein Blick wandert zurück zu Felix. Auf einmal fühle ich mich stocknüchtern. Fragend hebe ich die Augenbrauen, bringe aber kein Wort heraus.

„Peggy ist meine Freundin", sagt Felix.

Auch das klingt unnatürlich für mich. Felix hat keine Freundin. Felix hat Frauen, mit denen er ins Bett geht. Und Frauen, mit denen er sich Kinder phantasiert. Aber eine Freundin? Nicht, solange ich ihn kenne. „Hi", sage ich irgendwann.

„Cool, disch kennenzulernen", strahlt – wie heißt sie noch gleich? Ach ja. Peggy.

Ich nicke. Und gucke wieder Felix an. Will der mir vielleicht irgendwas erklären?

„Wir kennen uns vom Einkaufen", sagt er. „Supermarkt."

Peggy kichert.

Was sagt man in solchen Momenten normalerweise? Irgendwann fällt mir etwas ein. „Cool. Wann? Und wo?"

Felix erzählt eine Geschichte, von der ich jedes Wort für gelogen halte. Angeblich hat Peggy ihn im Edeka gefragt, welchen Wein er empfehlen kann. Nie im Leben glaube ich das! Wein kaufen bei Edeka? Die? Ich glaube eher, er hat sie beim Hostessen-Service gefunden.

„Coole Party", tönt jetzt die vermeintliche Einkaufsbekanntschaft. „Tanzen?"

Ob sie in ganzen Sätzen sprechen kann? Vermutlich hat sie andere Qualitäten. Gut, dagegen ist nichts einzuwenden – aber muss man sie deswegen gleich zur festen Freundin erklären?

„Felix, sorry – ich hab zwei Scheißtage hinter mir. Ich haue mich hin", sage ich. Und gehe, ohne mich von irgendwem zu verabschieden.

Kapitel 20

Seit der grandiosen Party habe ich mit Felix nicht mehr richtig gesprochen. Ins Theater kommt er so spät wie möglich und ist nach jeder Probe oder Aufführung gleich wieder weg. Ich habe ein paar Mal versucht, ihn anzurufen, aber er geht nicht dran und ruft nicht zurück.

Ich weiß nicht, was ich falsch gemacht haben soll. Er ist doch derjenige, der plötzlich mit einer Freundin auftaucht, von der er mir vorher keine Silbe erzählt hat. Einer hochnotpeinlichen Freundin, wohlgemerkt. Aber dafür kann ich ja nichts! Die Situation nervt mich, aber ich kann mich nicht wirklich damit auseinandersetzen, weil ich anderes im Kopf habe.

Vor ein paar Tagen riefen mich Nachbarn meines Vaters an, weil er die Herdplatte angelassen hatte. Mit einer Tüte Brötchen darauf. Der Rauchmelder ging an, und es gab ein riesiges Theater, weil er nicht wusste, wo das Geräusch herkam. Als dann die Nachbarn klingelten, hat er sich bedroht gefühlt und nicht aufgemacht, bis schon die halbe Wohnung voller Qualm stand.

Jetzt ist er tagsüber in einer Tagespflege und nachts übernachte ich erst mal bei ihm. Dass es so nicht bleiben kann, ist klar. Ich hoffe mit jedem Tag dringender, einen Heimplatz für ihn zu bekommen. Sonst werde ich nämlich verrückt.

Drei Heime habe ich mir inzwischen angesehen. Von einem habe ich heute noch Albträume. Mit Schaudern denke ich daran zurück. Dort war einfach alles schlimm.

„Wir haben hier 60 Fälle", hatte mir die Leiterin des Hauses, eine Frau Wronski, erklärt. „Je nach Zustand nehmen sie an unserem Programm teil oder werden auf dem Zimmer betreut.

Fälle. Puh. „Wie sieht so ein Programm denn aus?"

Herrisch hatte sie eine Flügeltür aufgestoßen, die in einen Gemeinschaftsraum führte. An einem Tisch saßen ältere Männer und Frauen, alle im Rollstuhl, und sangen „Das Wandern ist des Müllers Lust".

„Hier sehen sie zum Beispiel unsere Musikgruppe", erklärte Frau Wronski.

„Das Wandern ist das Müller Lust – mit Rollstuhlfahrern? Wann sind die denn bitte zuletzt gewandert?"

Der Blick, den ich dafür bekam, erinnerte mich auf unangenehme Weise an Nastacia. „Sie suchen einen Platz. Wir suchen niemanden, der uns belehrt."

Alles klar.

Weiter ging es, durch lange Gänge mit grell flackerndem Krankenhauslicht. Irgendwann klingelte das Telefon meiner Begleiterin. Sie sah kurz auf das Display, entschuldigte sich für ein paar Minuten und war verschwunden.

Irgendwo rief jemand. Kläglich. Es dauerte eine Weile, bis ich ausmachen konnte, dass es „Wasser! Wasser!" hieß. Weil sich anscheinend keiner kümmerte, ging ich der Stimme nach. Einige Zimmer weiter war ich sicher, den Rufer gefunden zu haben. Ich klopfte vorsichtig an die Tür. Statt einer Antwort kam nur wieder der klägliche Ruf. Also trat ich ein.

Der Geruch drinnen verschlug mir fast den Atem. Abgestandenes Mittagessen, Schweiß, Exkremente – hier kam einiges zusammen.

Auf dem Bett lag ein magerer alter Mann, der mit breiten gelben Gurten festgeschnallt war. Aus hellblauen Augen schaut er mich an. „Wasser", wiederholte er noch einmal.

Sehnsüchtig glitt sein Blick zu einer Schnabeltasse, die auf dem Tisch stand. Ich nahm sie und setzte sie an seine Lippen. Kaum hatte er ein paar Schlucke getrunken, näherten sich herrische Schritte.

Plötzlich stand Frau Wronski im Türrahmen. „Was machen Sie hier?"

Schnell stellte ich die Tasse weg. „Er hatte Durst."

Zorn blitzte in ihren Augen. Es war nicht schwer zu erkennen, dass sie sich zusammenreißen musste, um ruhig zu bleiben. „Herr Pischke! So läuft das hier nicht. Sie können hier nicht reinspazieren und tun, was sie wollen." Kurzerhand schob sie mich aus dem Raum.

„Warum war er an seinem Bett festgebunden?"

Kurzes Schweigen. „Wir äußern uns nur gegenüber direkten Angehörigen über unsere Patienten. Ich kann ihnen lediglich sagen, dass es für manche besser wäre, sie würden stärker sediert. Was aber nicht erlaubt ist."

„Sediert? Was heißt das?"

Angesichts meiner Unkenntnis warf sie mir einen vernichtenden Blick zu.

„Betäubt", übersetzte sie widerwillig.

„Warum werden sie betäubt?"

„Sonst laufen sie durch die Gegend! Das wäre ja noch schöner."

Noch mehr Gänge. Lang. Halbdunkel. Schließlich stieß sie eine Tür auf. „Dieser Patient ist gerade in der Physiotherapie, deswegen kann ich Ihnen diesen Raum zeigen. Bitte fassen Sie nichts an."

Ein Tisch, ein Stuhl, ein Bett. Daneben ein kleines Bad mit Toilette. Es war nicht so sehr die kärgliche Einrichtung des Raumes, die mir Beklemmungen machte – es war die funktionale, unpersönliche Atmosphäre.

„Gibt es keine persönlichen Dinge? Fotos oder so?"

Sie schnaubte. „Nein. Viele unserer Fälle nehmen die Bilder ohnehin nicht mehr wahr. Andere reagieren auf solche Erinnerungen an früher verwirrt. Außerdem stört es beim Saubermachen."

Auf dem Weg zurück hörte ich den Mann mit den hellblauen Augen wieder rufen. „Wasser, Wasser!" Nicht um alles in der Welt wollte ich mir irgendjemanden, an dem mir lag, in diesem Haus vorstellen. Schon gar nicht meinen Vater.

Die anderen beiden Häuser waren mit dieser ersten Erfahrung zum Glück nicht zu vergleichen. Da aber ohnehin nirgendwo ein Platz frei war, suche ich weiter.

Heute ist wieder mal eine Besichtigung angesagt. Ich fahre aus der Stadt raus. Eine dreiviertel Stunde dauert es ungefähr, bis ich den Ort erreicht habe. Das Heim ist ein sauberes, rosa getünchtes Haus mit viel Grün drum herum. Ich sehe einen Bauerngarten, in dem verschiedene Leute arbeiten. Etwas abseits ist ein Terrassenbereich mit Tischen, an denen ältere Frauen und Männer sitzen. Es riecht nach Kaffee.

„Guten Tag! Hendrik Pischke mein Name. Ich habe einen Termin mit Frau Wolters von der Heimleitung."

Die Empfangsdame nickt, als hätte sie mich schon erwartet. „Kaffee?"

„Gerne!"

Kaum habe ich es mir in der ausladenden Sitzecke bequem gemacht, kommt eine hochgewachsene, schlanke Frau mit dunklen Locken auf mich zu.

„Ich bin Lisa Wolters", stellt sie sich vor: „Schön, dass Sie sich für unser Haus interessieren!"

„Danke, dass Sie Zeit für mich haben! Ich suche ziemlich dringend etwas für meinen Vater."

Während wir durch Räume spazieren, deren rustikale Atmosphäre mir auf Anhieb gefällt, schildere ich ihr, was sich in letzter Zeit alles ereignet hat. Ihr aufmerksames Zuhören tut mir gut. Außerdem beeindruckt mich, wie hier mit den alten Leuten gearbeitet wird.

„Das ist unser Atelier", sagt Lisa Wolters, während sie die Tür zu einer umgebauten Scheune mit großer Fensterfront öffnet. Auf Staffeleien stehen bemalte Leinwände.

„Sie meinen, hier malen die Patienten selbst?"

„Genau. Nicht alle natürlich, aber die, die Spaß daran haben. Malerei eröffnet den Menschen, die an einer Demenzerkrankung leiden, neue Möglichkeiten, sich auszudrücken. Das tut ihnen gut."

Ich bleibe vor einem Bild stehen, das zwei Menschen zeigt, die einander an der Hand halten. Obwohl es nur grob gepinselte Strichmännchen sind, berührt mich das Bild. Vielleicht gerade deswegen, weil es so einfach ist. Es zeigt einfach das, was wir alle uns wünschen: Hier ist einer für den anderen da.

Murat fällt mir wieder ein, und dass er sagte, für ihn käme es nicht in Frage, jemanden aus der Familie in ein Heim zu geben.

„Finden Sie, dass man Angehörige abschiebt, wenn man sie zu Ihnen bringt?", frage ich unvermittelt. „Vermutlich ist das eine dumme Frage. Sie müssen ja nein sagen. Sonst könnten Sie gleich schließen."

Die Heimleiterin schmunzelt. „Nein, so ist das nicht. Es gibt schon Fälle, in denen ich mir wünschen würde, Angehörige, die mich hier aufsuchen, könnten die Patienten zu Hause pflegen. Einige unserer Bewohner sind in der ersten Zeit sehr verwirrt und haben, soweit man das nachvollziehen kann, großes Heimweh."

Ihre Offenheit überrascht mich.

„Aber wissen Sie – Menschen sind unterschiedlich belastbar. Nicht jeder hält es aus, zu sehen, wie der Partner, die Partnerin oder die eigenen Eltern sich in gewisser Weise mehr und mehr in Luft auflösen. Wenn man, wie Sie, vom eigenen Vater plötzlich für dessen Bruder gehalten wird. Und dann gibt es natürlich auch noch die Fälle, in denen dunkle Geheimnisse alles noch schwerer machen."

„Dunkle Geheimnisse?"

„Oh ja. Die gibt es mehr als man glaubt. Familien haben komplizierte Geschichten. Es sagt sich so leicht, dass Kinder sich um ihre Eltern kümmern sollen. Aber was ist, wenn genau diese Eltern einem früher das Leben zur Hölle gemacht haben?"

Beschämt denke ich an meinen Vater, der nichts verbrochen hat, als ein bisschen zu sehr unter dem Pantoffel meiner Mutter gestanden zu haben. Er hat mir ganz bestimmt nicht das Leben zur Hölle gemacht. Trotzdem möchte ich mein altes Leben zurück. Felix treffen, wann es mir passt. Frau mitnehmen, wenn mir danach ist. Es ist ein Leben, in dem mein Vater keinen Platz hat.

Frau Wolters beobachtet mich, als wüsste sie genau, worüber ich nachdenke. „Alle diese Gefühle und Überlegungen sind normal", sagt sie. „Sehen Sie es einmal so: Nicht nur Ihr eigenes Leben wird wieder leichter werden kann, wenn ihr Vater bei uns leben würde. Für ihn wäre es auch viel schöner, unter Gleichaltrigen und in einer Gruppe zu sein."

So habe ich das nie gesehen. Aber es klingt absolut einleuchtend. Was hat mein Vater davon, jede Nacht von seinem Sohn bewacht zu werden? Für ihn wäre es sicher schöner, wenn er mit Männern aus seiner Generation über Witze von früher lachen könnte. Am Ende findet er hier sogar noch eine Freundin. Wobei ich nicht sicher bin, ob mir das recht wäre. Aber eigentlich steht es mir ja gar nicht zu, dazu eine Meinung zu haben.

Frau Wolters legt mir sanft die Hand auf den Oberarm. „Überlegen Sie es sich einfach. Aktuell haben wir keinen Platz frei, aber das ändert sich immer wieder." Ein Schatten gleitet über ihr schmales Gesicht.

„Oh." Jetzt ist bei mir der Groschen gefallen. Klar, wenn ein Platz frei wird, dann ... tja. Dann hat wohl jemand das Zeitliche gesegnet. Es fühlt sich nicht gut an, darauf zu warten, dass ein anderer Mensch stirbt. Nicht einmal in dieser abstrakten Situation, wo ja niemand persönlich gemeint ist.

Nachdem Frau Wolters mich zum Ausgang gebracht hat, steige ich ziemlich nachdenklich in mein Auto. Auf dem Rückweg lasse ich das Radio aus. Zum ersten Mal seit Wochen habe ich nicht das Gefühl, dass mir total der Kopf schwirrt. Im Gegenteil, ich fühle mich irgendwie entspannt. Ehrlich gesagt kann ich mir selbst ganz gut vorstellen, für eine Weile in diesem Haus einzuchecken, mich um nichts mehr zu kümmern und den lieben Gott einen guten Mann sein zu lassen.

Kapitel 21

Ich wache auf und wundere mich über das hässliche, aber irgendwie vertraute
Muster einer braun-weißen Tapete. Dann fällt es mir ein. Scheiße!
Inzwischen geht das schon einige Wochen: Jeder Tag fängt mit einem Schlag in
die Magengrube an. Ich bin nicht zu Hause. Ich bin bei meinem Vater auf der
Couch. Deswegen tut mir der Rücken weh. Deswegen ist das Erste, was ich
morgens sehe, eine hässliche 70er-Jahre-Tapete.
Ich ziehe mir die Decke über den Kopf. Vielleicht bleibe ich einfach hier. Hier
im Bett. Ich zwinge die Rollen einfach zurück in die natürliche Ordnung.
Schließlich bin ich das Kind, und mein Vater sollte sich um mich kümmern.
Trotz der dicken Daunen über meinem Kopf höre ich die Wohnungstür klappen.
Oh oh. Das ist nicht gut. Schnell springe ich auf. Dabei stoße ich mir den Kopf
an einem hässlichen Hängeregal aus den 80ern, das ich noch nie leiden konnte.
„Verdammt!" Die Jeans finde ich irgendwo zwischen den Sesseln, schnappe sie
mir und versuche, während ich zur Wohnungstür haste, irgendwie in die
verdrehten Hosenbeine zu kommen. Ich reiße die Wohnungstür auf. „Papa?"
„Alfons?" Die Stimme kommt aus der Wohnung. Erleichtert drehe ich mich um.
Im Rahmen der Küchentür lehnt mein Vater und sieht mich kritisch an. „Warum
rennst du halbnackt ins Treppenhaus?"
Stimmt. In der Eile habe ich irgendwie das Shirt vergessen.
„Papa! Gott sei Dank bist du da!"
„Es nervt, dass du mich immer Papa nennst, Alfons. Langsam habe ich genug
von deinen Ticks."
Okay. Nur die Ruhe. Man kann mit einer Taube nicht Schach spielen, und man
kann mit einem Demenzkranken nicht darüber streiten, wer Recht hat. Ohne
etwas zu sagen, gehe ich in die Küche. Auf dem Tisch steht eine
Einkaufstasche. Mit düsterer Vorahnung greife ich danach und räume sie aus.

Oh nein ...

„Du hast ja Kaffee gekauft!" Ich stelle das Paket in den Schrank. Zu den anderen 23 Paketen. Ja, gut, es sind nur elf. Aber trotzdem. Jetzt sind es zwölf. „Ich glaube, wir hatten noch Kaffee", sage ich lahm, während ich eine Schnapsflasche und drei Pakete Knäckebrot aus der Tasche ziehe. Ich hasse Knäckebrot. Und davon haben wir nun tatsächlich mindestens 23 Pakete. Umso mehr freue ich mich über den Schnaps. Ich glaube, den mache ich gleich auf.

„Ich tausch' den gegen was anderes", sagt mein Vater.

„Und gegen was?"

„Weiß ich noch nicht. Winterschuhe oder so. Es gab gerade welchen, da muss man doch zugreifen!"

Ob er den Kaffee oder den Schnaps meint, frage ich gar nicht mehr. Mein Vater lebt in einer Traumwelt, die irgendwo zwischen 1942 und dem Hungerwinter von 1946 spielt. Ständig ist er darum bemüht, uns mit Vorräten einzudecken. Es nützt nichts, dass ich seine Bankkarte konfisziert habe: Irgendwo hat er immer noch das eine oder andere bisschen Bargeld versteckt, um seine morgendlichen Streifzüge zu bezahlen.

Langsam wird mir kalt. Immerhin ist es inzwischen Herbst, und wie mein Vater so treffend feststellte, bin ich halbnackt. Ich packe ihn an den Händen und suche seinen Blick, in der Hoffnung, zu ihm durchzudringen. „Ich gehe jetzt duschen. In zehn Minuten bin ich wieder hier in der Küche. Bis dahin liest du am besten einfach ein bisschen in der Zeitung, okay?"

Bauernschlau grinst er mich an. „Ich weiß mich schon zu beschäftigen!"

Oh, lieber Gott. Mach, dass es gleich neun Uhr ist und ich ihn zur Tagespflege bringen kann.

Nachdem ich meinen Vater zur Betreuung abgegeben habe, fahre ich nach Hause in meine Wohnung. Es fühlt sich komisch an, hier nur noch tagsüber zu sein. Ich mache mir einen Kaffee, trage ihn ins Schlafzimmer und lasse mich aufs Bett fallen. Bilder kommen mir in den Kopf. Das letzte Weihnachten mit meinen Eltern. Meine Mutter, die für alles im Leben einen Plan hatte. Niemals endende Streitereien zwischen ihr und meinem Vater. Meine ganze Kindheit war voll davon. Ich weiß noch, wie ich in der Schule zum ersten Mal etwas über das dritte Reich hörte und damals dachte: Hitler muss so wie Mama gewesen sein.

Sie bediente jedes Klischee eines Diktators. Unsere Wohnung, unsere Familie, das war ihr Reich. Wer sich ihrer Herrschaft unterwarf, wurde mit Liebe und Bergen von gutem Essen überschüttet. Aber wer Zweifel oder Kritik an ihren Vorstellungen äußerte, für den sah es düster aus.

Bei meinen Eltern lernte ich früh und gründlich die Hierarchie zwischen Männern und Frauen kennen. Der Mann ist der Trottel, der nach Hause schafft, was er kann, aber trotzdem allabendlich einen Einlauf verpasst bekommt, weil es niemals reicht. Die Frau ist Gott, und wer sie in Frage stellt, mietet sich besser für die nächsten drei Tage woanders ein. Nicht ausgeschlossen, dass meine eigene Beziehungsunfähigkeit auf diese Prägung zurückgeht.

In der Galerie meiner Gedanken schreite ich die Porträts der Frauen ab, mit denen ich im Laufe der Jahre etwas hatte. Beziehungsweise: mit denen ich im Laufe der Jahre gescheitert bin. Es ist frustrierend.

Um nicht weiter darüber nachzudenken, dass die Rolle als einsamer Wolf eigentlich gar keine selbstgewählte ist, rufe ich zur Abwechslung mal wieder Felix an. Das hatte ich schon lange vor. Er muss doch dieses lackierte Frettchen inzwischen wieder losgeworden sein.

„Was geht?", frage ich.

„Hi, Hendrik." Sein Tonfall könnte gar nicht klarer sagen, dass ich störe.

„Schon gut. Wir können auch später telefonieren."

„Nein, nein. Ich wollte dich auch längst mal anrufen."

Dann weiß keiner von uns mehr, was er sagen soll. Das ist vor allem deshalb schlimm, weil wir in den vergangenen Jahren keine 30 Sekunden lang miteinander geschwiegen haben.

„Was macht Piggy?", versuche ich ein Gespräch.

„Peggy." Grabesstimme.

Stimmt. Piggy war ja das Schwein aus der Muppet-Show. Super! Wir sprechen zum ersten Mal wieder seit Wochen, und bereits mit dem dritten Satz habe ich ein Fettnäpfchen gefunden, das gar nicht mehr zu toppen ist. „Sorry! Ich ..." Diese Telefoniererei nervt mich plötzlich. „Wollen wir nicht zusammen mal wieder rausgehen?"

Felix lässt einige Sekunden verstreichen, bevor er antwortet. Dann sagt er reserviert: „Ach, weißt du – wir leben jetzt sehr zurückgezogen."

Ich muss lachen. Zurückgezogen? Ich weiß ja sogar, welche Pornofilme er guckt. Mit was will er denn bitte vor mir zurückgezogen sein?

Als ich an seinem Schweigen merke, dass das nicht als Witz gemeint war, versuche ich, aus dem Lachen ein Husten zu machen, aber ich scheitere kläglich.

„Wie geht es denn deinem Vater?" Er fragt es nicht teilnahmsvoll, sondern höflich. Weil er muss. Weil er weiß, dass ich ihm sonst alles das sage, was er nicht hören will: dass Peggy ein Witz ist, der keine geraden Sätze reden kann. Dass Peggy weg muss, und zwar ganz, ganz schnell.

Auf diese Scharade habe ich keine Lust. „Felix, du kannst mir sagen, wenn du nicht mit mir reden willst, aber hör bitte auf zu sprechen, als wären wir Fremde."

Sofort ist er beleidigt. „Wenn du nur angerufen hast, um Frust loszuwerden, leg ich auf. Das brauche ich nicht."

Kurz denke ich, ich lasse es darauf ankommen, aber dann lenke ich ein. „Meinst du nicht, wir sollten mal reden?"

„Worüber?"

„Na ... über uns."

„Klingt, als wenn wir eine Beziehung hätten."

Wieder einmal ziehen Erinnerungen an mir vorbei. Felix und ich ihm Urlaub. Felix und ich beim Kölsch. Im Park, bei stundenlangen Spaziergängen. Keine Minute gelangweilten Schweigens. Felix, der zu einer Party eingeladen wird und fragt: „Kann ich meinen Partner mitbringen?" Hinterher haben wir uns darüber totgelacht.

„Wir hatten auch eine Beziehung. Eine Freundschaft ist auch eine Beziehung."

„Die haben wir auch noch, Hendrik."

Einen Moment lang weiß ich nicht, was ich sagen soll. „Warum gehst du mir dann aus dem Weg?"

„Ich gehe dir nicht aus dem Weg. Ich habe einfach eine Frau kennengelernt, mit der ich jetzt auch gerne meine Zeit verbringen will. Aber du bist jederzeit willkommen, uns zum Essen zu besuchen."

Und mich mit einem Toastbrot zu unterhalten. Nein, danke. „Können wir nicht mal wieder was trinken gehen?"

Er seufzt. „Ich fänd's wirklich nett, wenn du ein bisschen offener zu Peggy wärst."

Ich kann nicht fassen, dass er über sie spricht, als wäre sie jetzt dauerhaft ein Teil seines Lebens. Eine solche Frau – ja, klar, das kann passieren. Wenn man betrunken ist oder echt am Arsch, dann kann alles mal passieren. Aber spätestens beim Frühstück muss die doch weg. Das kann er doch nicht ernst meinen.

„Heute Abend nach der Vorstellung?" Der Vorschlag kommt von ihm. Ich war zu sehr in Gedanken, als dass ich hätte antworten können.

„Okay." Ich hoffe nur, er ist nicht so irre, Peggy mitzubringen. Ansonsten weiß ich nicht, wie ich den Abend hinter mich bringen soll.

Bis zum Abend habe ich fünf mal überlegt, ob ich Felix absagen sollte. Immerhin habe ich einen durchgedrehten Vater zu Hause. Wer weiß, was der macht, wenn er ein paar Stunden lang alleine ist. Es reicht mir schon, dass ich ihn während meiner Vorstellungen vor den Fernseher parke. Trotzdem. Ich muss mich jetzt auch mal wieder um mein eigenes Leben kümmern. Ich bin ja weniger frei als ich es war, nachdem Arthur geboren worden war. Also hoffe ich einfach, dass es irgendwie gut geht.

Den Weg vom Theater zum Vrings-Eck legen wir schweigend zurück. Weil sich das ätzend anfühlt, kommentiere ich die Frauen, an denen wir vorbeigehen. „Schön, dass es der schmeckt", sage ich, als ein Dickerchen, das gerade genüsslich in ein Snickers beißt, an uns vorbeigeht. Felix zuckt nur die Achseln. An der nächsten Ecke steht ein Pärchen und streitet. „Nie nimmst du dir Zeit für mich. Dann musst du dich nicht wundern, wenn so etwas passiert", keift das Mädel und wirft dem Typen eine Tüte Pommes an den Kopf. Fasziniert bleibe ich stehen und sehe zu, wie er sich Ketchup von der Augenbraue wischt. „Die muss auch mal wieder ordentlich durchgebumst werden", raune ich Felix zu.
Der rollt nur die Augen. „Komm jetzt."
Erstaunt sehe ich ihn an. „Was denn?" Früher haben wir ständig so über alle möglichen Leute gesprochen.
„Findest du nicht, dass die Zeit dafür irgendwann vorbei ist?"
„Die Zeit wofür?"
„Die Zeit, sich wie ein 18-jähriger Trottel aufzuführen. Irgendwann muss man mal anfangen, Verantwortung zu übernehmen."

„Was hast du denn eingeworfen?", will ich fragen. Aber ich halte stattdessen die Klappe. Besser, wir reden in der Kneipe.

Als wir uns beim Kölsch gegenübersitzen, starrt Felix angestrengt in sein Bier. „Ist noch Schaum drauf", sage ich, weil mir sonst nichts einfällt.
Er grinst schief.
„Also, was war das, die letzten Wochen?", frage ich. Vielleicht ein bisschen zu schroff.
„Was war was, die letzten Wochen?"
„Na ja. Wir haben uns kaum gesehen. Nie hattest du Zeit."
„Ich bin nicht dein Sohn", sagt er gereizt.
War ja klar, dass das mit reinspielt. Wenn einer sich von seinen Eltern so schlecht abgrenzen kann wie Felix, müssen alle anderen das ausbaden. Jetzt projiziert er also seinen Zorn auf seine Eltern auf mich. Ich trommle mit den Fingern. Was soll's. Wenn wir reden wollen, müssen irgendwie die Karten auf den Tisch. „Ich verstehe nicht, warum wir uns nicht mehr sehen, nur weil eine Frau in deinem Leben aufgetaucht ist."
„Darum geht's doch nicht."
„Worum denn, deiner Meinung nach?"
„Es nervt mich einfach, dass du mit jeder Frau, mit der ich etwas anfange, ein Problem hast."
Ist das so? War mir nicht bewusst.
„Ist ja schön, wenn du so leben willst. Dein Sohn in einem anderen Ort. Du verlierst völlig den Anschluss an ihn. Er wird spielsüchtig, und du bist mit seiner Mutter zu sehr zerstritten, um eine anständige Lösung zu finden. Dein Vater dreht durch, und du musst alles alleine wuppen. Ich habe davor Respekt, versteh' mich nicht falsch! Aber ich will so halt nicht leben."
Ich drehe mein Kölschglas. Ist ja nicht so, dass ich mir das alles ausgesucht

habe. „Und was willst du dagegen tun?"

„Ich will eine Familie gründen. Aber das ist nichts Neues. Davon rede ich seit Jahren."

Mir war nicht klar, dass er das ernst meinte. Schon gar nicht, dass er es so ernst meinte, dass ihm inzwischen egal ist, mit wem er seine Kinder in die Welt setzt. Ich versuche, mich vorsichtig auszudrücken. „Meinst du denn, Peggy ist dafür die Richtige? Was war falsch an Frauen wie Claire?"

Wütend knallt er sein Glas auf den Tisch. „Was soll das? Warum kannst du nicht einfach mal meine Entscheidungen akzeptieren?"

Ups. „Das tue ich doch."

Er lacht trocken auf. „Merkt man. Seit Wochen laufen wir im Theater aneinander vorbei. Hast du jemals nach einer Aufführung gefragt, wie es Peggy geht? Oder wie es mir mit ihr geht?"

Natürlich nicht. Peggy ist schließlich nichts als eine hoffentlich schnell vorübergehende Geschmacksverirrung.

„Hast du nicht! Weil es dich überhaupt nicht interessiert!"

Ich beiße mir kurz auf die Lippen, zucke die Schultern. Weiß nicht, was ich sagen soll.

Er sieht mich an. „Peggy ist lieb. Sie tut mir gut. Bei ihr kann ich sein, wie ich bin."

Bei mir konnte er auch sein, wie er ist, denke ich. Nicht, dass ich eine Familie mit ihm hätte gründen wollen. Und schwul bin ich schon gar nicht. Aber Felix ist einer der wenigen Menschen, die die Dinge so klar sehen wie ich. Ich kann nicht glauben, dass er sich jetzt auf die Seite derer schlägt, die sich ihr Leben lang etwas vormachen – nur, weil sich das besser anfühlt.

„Weißt du, vielleicht habe ich es satt, überall nach Problemen zu suchen. Ich möchte auch mal leben. Nicht immer nur danebenstehen und zynische Kommentare machen. Oder mir von dir welche anhören."

Ein Schlag, ein Treffer. Damit hat er gerade ziemlich genau das in Frage gestellt, was uns am meisten verbunden hat. Oder, besser muss ich wohl sagen: Ich glaubte, dass uns das verbunden hat. In einem Zug leere ich mein Kölsch und winke dem Köbes, um ein neues zu bekommen. Das halte ich hier anders nicht aus.

„Peggy ist also die Liebe deines Lebens. Ist doch super, dass du sie gefunden hast."

„Siehst du? Jetzt bist du schon wieder so zynisch!"

Wie denn auch nicht. Er kann ja wohl nicht von mir verlangen, dass ich die Peggy-Nagelstudio-Tussi ernst nehme. Mein Telefon klingelt, und zum ersten Mal seit Wochen bin ich froh, die Nummer meines Vaters auf dem Display zu sehen. Das gibt mir einen Grund, den Abend abzukürzen.

„Alfons! Die Mama kommt nicht nach Hause", beschwert sich mein Vater. Da er mich Alfons nennt, weiß ich nicht einmal mehr, ob er mit „Mama" seine und Alfons' Mutter, meine Großmutter, meint, oder seine Frau.

„Ich komme nach Hause und kümmere mich drum", verspreche ich.

„Kommst du schnell?", fragt er kläglich.

„Klar. So schnell ich kann."

Ich will in meine Tasche greifen, aber Felix winkt ab. „Ich mach das schon." Einen Moment unschlüssig, zucke ich schließlich die Schultern. Ich habe keine Lust, mich unter diesen Umständen von ihm einladen zu lassen, aber es waren nur ein paar Kölsch. „Danke", sage ich, klopfe ihm kurz auf die Schulter und mache mich vom Acker, so schnell ich kann.

Draußen treten mir Tränen in die Augen. Das war's dann wohl – die Aussprache mit meinem besten Freund. Was für eine Scheiße.

Kapitel 22

Ein paar Wochen später. Etwas fröstelnd schlurfe ich durch den Volksgarten.
Hier sieht es inzwischen ganz schön trüb aus, aber das ist mir gerade recht.
Frostige Kälte draußen und drinnen. Ich kicke eine leere Bierdose vor mir her,
bis ich sie versehentlich zu weit und in den Teich schieße. Schade. Das
Scheppern von Weißblech auf Kies hatte eine betäubend-beruhigende Wirkung,
die jetzt weg ist. Frustriert trinke ich den Kaffee aus, den ich mir am
Chlodwigplatz geholt hatte. Der ist inzwischen auch kalt. Den Pappbecher
werfe ich kurzerhand der Dose hinterher und freue mich über den empörten
Blick einer Mutter, die gerade mit ihrer Tochter Richtung Waldorfschule radelt.
Sie hält an. Soll sie doch. Ich bin für jedes Ventil dankbar.
„Sie haben gerade Ihren Becher in den Teich geworfen!"
Ich gucke wortlos in ihr empörtes Gesicht. Das ärgert sie noch mehr.
„Wenn das jeder machen würde!"
Wie sie da in ihrem zotteligen Kordrock und der bunten Strickjacke vor mir
steht, macht sie mich einfach nur wütend. Die typische Südstadt-Akademikerin.
Wenn die nicht alle so einen Dachschaden hätten, könnte Felix vielleicht mit
einer von ihnen zusammen sein. Wir würden intelligente Gespräche führen, zu
dritt zusammen ein Bier trinken gehen und mein bester Freund hätte mich nicht
so beschissen hängen lassen.
„Was ist?", frage ich gereizt.
„Ich möchte, dass Sie den Becher wieder aus dem Wasser holen!"
Ich werfe einen Blick hinüber. Inzwischen hat der Becher die Mitte des
Tümpels erreicht. Zwei Enten schwimmen schnatternd hinterher und hacken
danach.
„Da wohnen Enten!", sagt die Südstadtmutter aufgeregt.
„Mama, ist der Mann böse?", fragt jetzt das kleine Mädchen, das in seinen Öko-

Klamotten aussieht wie eine Miniaturversion der Alten.

„Sehr. Deswegen fahrt ihr jetzt am besten weiter, sonst fresse ich dich", blaffe ich das Kind an. Sie wird blass, nimmt ihr Fahrrad, stolpert ein paar Schritte zurück und fällt hin.

Weil ich jetzt doch anfange, mich zu schämen, drehe ich mich auf dem Absatz um und gehe weg. Scheiße. Was mache ich hier? Was war das gerade für ein peinlicher Aussetzer? Ich bin doch sonst nicht so, dass ich meinen Müll durch die Parks schmeiße und Leute anpöbele, die berechtigterweise etwas dagegen haben. Aber gerade macht mich einfach alles sauer. Ich kann mich selbst nicht leiden mit dem, was das Leben plötzlich aus mir gemacht hat.

Mir ist kalt. Nach Hause mag ich nicht. Ich weiß nicht mal mehr, wo das ist. Meine Wohnung? Die Couch meines Vaters? Das Theater? Früher hat sich alles das ein bisschen wie zu Hause angefühlt, und außerdem konnte ich jederzeit zu Felix. Jetzt irre ich als heimatloser Fremder durch mein eigenes Leben. Ich hocke mich auf eines der kleinen Geländer am Rand einer Wiese und stütze den Kopf in die Hände. Lange halte ich das alles nicht mehr aus. Aber was ist die Alternative? Am liebsten würde ich alles hinschmeißen und abhauen. Oder auch einfach gar nicht mehr leben.

Arthur habe ich auch seit Wochen nicht gesehen. Er sagt, er hat einen Job beim Lieferservice gefunden. Radelt jetzt mit einer dieser überdimensionierten Boxen auf dem Rücken durch Hennef. Das ist ja eigentlich gut. Aber er ist immer noch beleidigt darüber, dass ich ihn wegen der Sache mit meinem Vater auf den Topf gesetzt habe. Also geht er nicht ans Telefon, wenn ich anrufe. Er ruft nicht zurück, und wenn ich ihn doch mal irgendwie erwische, hat er schnell eine Ausrede, warum er keine Zeit zum Sprechen hat, und zum Treffen schon gar nicht.

Mein Vater hat mir gestern mit pubertierendem Kichern Fotos von meiner Mutter gezeigt. „Meine Freundin!", hat er stolz geprahlt. „Wir sehen uns nur heimlich. Aber dann ..." Ich bin geflüchtet, bevor er diese Erinnerungen auch noch mit mir teilen konnte. Ich möchte wirklich nicht wissen, wie meine Eltern die Zeit verbracht haben, in der sie sich nur heimlich treffen konnten.

Auf der Bühne hatte ich abends dann einen richtigen Hänger. Nastacia war fürchterlich wütend. Aber noch schlimmer war Christopher, dieser peinliche Clown. Der konnte sich so richtig daran aufgeilen, dass er mal nicht der Schlechteste war. Er hat im Foyer, als sogar noch Gäste dort waren, richtig laut eine Szene gemacht. „So was darf doch einem Profi nicht passieren! Vielleicht brauchst du mal eine Auszeit", hat er geblökt. Ich war zu sehr bedient, als dass ich darauf hätte antworten können. Ich bin einfach nur gegangen.

Mein Telefon klingelt. Ich gucke drauf. Eine Nummer, die ich nicht kenne. Kurz überlege ich, ob ich überhaupt dran gehen soll. Aber was habe ich schon zu verlieren? Es können ja kaum noch mehr schlechte Nachrichten kommen, da mein Leben schon in jeder Hinsicht am Arsch ist.

„Schneider! Hallo Herr Pischke! Sie hatten uns vor ein paar Wochen besucht und sich nach einem Zimmer für Ihren Vater erkundigt."
Ich schließe die Augen und versuche mich zu erinnern, welche dieser ganzen Sozialpädagogik-Tanten Frau Schneider war. War das diese fürchterliche Hexe, die ihre Bewohner gerne auf stärkere Drogen setzen würde?
„Bei uns ist jetzt ein Platz freigeworden."
Je mehr sie spricht, desto zuversichtlicher werde ich, dass es sich zumindest nicht um diese Zerberus-Frau aus der finsteren Seniorenverwahranstalt handelt.

„Das klingt ja gut."

„Sie suchen also noch?"

Und wie! „Ja, unbedingt!"

„Dann lassen Sie uns doch heute oder morgen einen Termin machen, damit wir alles regeln können."

Mir ist noch immer nicht eingefallen, welchem Haus ich diese Frau zuordnen soll. „Sie müssen entschuldigen. Ich habe mir verschiedene Häuser angesehen ..."

Sie lacht freundlich. „Und jetzt wissen Sie gar nicht mehr, von wo aus ich anrufe? Das ist kein Problem, das geht vielen Angehörigen so."

Sie nennt mir eine Adresse und wir verabreden uns für morgen Nachmittag. Ein kleiner Lichtstreif am Horizont.

Ich sehe, dass mein Kaffeebecher inzwischen wieder ans Ufer gespült wurde. Weil ich eigentlich finde, dass ich mich vorhin wie ein Arschloch verhalten habe, fische ich ihn aus dem Wasser und trage ihn zur nächsten Tonne. Die Waldorfmutter kann auch nichts dafür, dass ihr Leben vielleicht harmonischer läuft als meines. Sie ist weder an der Demenz meines Vaters schuld, noch daran, dass sie ihr Kind öfter sieht als ich meines. Und dass Felix vor intelligenten Frauen wegrennt, ist schon mal gar nicht ihre Sache.

Weil ich vor dem Abend dringend noch ein bisschen Ruhe brauche, fahre ich in meine Wohnung. Dort ärgere ich mich über die knitterigen Laken, denn so richtig gute habe ich noch immer nicht gefunden. Aber wenigstens ist die Matratze deutlich komfortabler als Papas Sofa. Ich haue mich ins Bett und hoffe, dass ich ein paar Stunden schlafen kann. Heute Abend spielen wir zum ersten Mal „Faust", und ich würde den Hänger von gestern gerne durch eine richtig gute Performance ausgleichen.

Tatsächlich geht es mir viel besser, als am frühen Nachmittag der Wecker klingelt. Der Blick auf meine weiße Tapete macht mir ein gutes Gefühl. Warum? Ach ja, jetzt fällt es mir ein: Bald kann ich vielleicht wieder jede Nacht zu Hause schlafen! Und zwar in meinem eigenen, selbst gewählten Zuhause. Nicht in dem Psychokabinett, zu dem meine elterliche Wohnung inzwischen geworden ist.

Mit dem guten Gefühl, dass alles wieder so werden könnte wie früher, schlage ich die Decke zurück und gehe in die Küche, wo ich mir erst mal einen Kaffee mache. Die Hoffnung, dass bald wieder jeder Tag so beginnt, macht mir so gute Laune, dass ich sogar noch den Staubsauger raushole, um die Wohnung ein bisschen in Ordnung zu bringen. Schließlich wohne ich bald wieder hier!

Mit neuer Energie starte ich, was sich in den vergangenen Wochen zu meiner Nachmittagsroutine entwickelt hat: Ich hole meinen Vater von der Tagespflege ab, lasse mich einige Male Alfons nennen, bestätige, dass die Mama bald kommt, und setze ihn zu Hause vor den Fernseher. Zu den schönen Seiten seiner Demenz gehört, dass er sich täglich aufs Neue dafür begeistern kann.

„Haben wir jetzt auch so einen Empfänger?", staunt er.

„Ja, Papa", sage ich. „Einen Fernseher. Du hast doch schon länger einen." So ungefähr seit 50 Jahren.

„Das ist ja toll, Alfons! Wie konnten wir uns das denn leisten?"

Statt eine Antwort zu geben, stelle ich einen Teller mit Brot und eine Flasche Malzbier vor ihn hin. „Wenn du Hunger hast oder etwas trinken möchtest, nimm dir einfach! Ich bin in ein paar Stunden wieder da."

„Mir wird bestimmt nicht langweilig", gluckst er zufrieden, während er sich im Sessel räkelt.

Wunderbar. Nichts wie weg. Ich nutze die Gunst der Stunde und mache mich auf den Weg, bevor ihm die nächste Verrücktheit einfällt.

Im Theater erwartet mich eine Überraschung. Felix hat Peggy mitgebracht, die gelangweilt im Backstagebereich sitzt und auf ihrem dudelnden Handy spielt. „Candy Crush", sagt sie statt einer Begrüßung, als sie meinen fragenden Blick bemerkt. Fasziniert beobachte ich, wie schnell ihre bunt lackierten Fingernägel über das Display gleiten.

„Brechen die nicht irgendwann ab?", frage ich.

Erstaunt guckt sie eine Weile und begreift dann, dass ich ihre Fingernägel meine. „Nein. Sind ja mit Acryl verstärkt", erklärt sie und vertieft sich wieder in ihr Spiel.

Felix kommt dazu, baut sich in einer lächerlichen, revierverteidigenden Körperhaltung neben Peggy auf und legt ihr besitzergreifend die Hand auf die Schulter. „Alles klar?", fragt er besorgt.

„Bestens", sage ich und wende mich ab.

„Schatz, wo gibt's Popcorn?", höre ich sie noch fragen.

Ich suche Florence und finde sie in der Garderobe. „Hast du Felix' tolle neue Freundin schon kennengelernt?", will ich wissen.

Sie rollt die Augen und lächelt beschwichtigend. Es ist nicht unser erstes Gespräch über dieses Thema. „Sei nicht so hart", sagt sie in ihrer typisch mädchenhaften Art.

Eigentlich finde ich dieses Bedürfnis nach Harmonie niedlich, aber heute kann ich nicht darauf eingehen. „Sie hat ihn nach Popcorn gefragt!"

Florence stutzt kurz, zuckt dann aber nur die Schultern. „Sie geht wohl mehr ins Kino als ins Theater."

Christopher kommt rein. „Felix hat seine neue Freundin dabei", teilt er uns aufgeregt mit.

Unter normalen Umständen könnte ich mit ihm sicher wunderbar über Peggy lästern, aber ich bin noch immer sauer wegen gestern, also verlasse ich wortlos den Raum.

„Hey, was ist los?", ruft er mir hinterher.

Im Flur muss ich wieder an Peggy vorbei. Neben ihr hat sich Heinrich aufgebaut, dieser Wiesel und bietet ihr – ich kann es kaum glauben – eine Bio-Maiswaffel an. „Ist auch aus Mais", sagt er. Ich glaube, gleich muss ich kotzen. Heinrich ist wirklich erbärmlich. Der möchte jedem gefallen und ist dabei so uncool wie es nur geht. Maiswaffeln! Also echt! Das ist doch was für Leute, die keine Zähne haben.

„Danke, Felix holt mir schon was", sagt sie.

Ich öffne die nächstbeste Tür und stolpere in eine Umkleide, in der Marius sitzt. Er grinst diabolisch. „Ich hatte gleich so eine Ahnung, dass die eigentliche Show heute nicht auf der Bühne stattfindet."

„Wahnsinn, oder?" Ich mache die Tür hinter mir zu und lasse mich auf einen Stuhl fallen.

„Der holt ihr jetzt gerade Popcorn."

„Was?"

„Ja ja. Im Kino."

Ich schaue zur Uhr. „Die hat den eine halbe Stunde vor seiner Premiere ins Kino gejagt, um Popcorn zu holen?"

Marius grinst nur. „Schon ordentlich weichgespült, der Gute."

„Hoffentlich sind wir die bald wieder los."

Er wirft mir einen mitleidigen Blick zu. „Du glaubst auch noch an den Weihnachtsmann. Die ist zwar dumm, aber er ist für sie ein guter Fang. So viel kapiert sie sicher. Immerhin ist er Arzt.

„Ach, das weiß sie doch gar nicht." Oder weiß sie das? Keine Ahnung. Ich selbst nehme Felix immer nur als schlecht bezahlten Schauspieler wahr.

„Du weißt wohl nicht das Neueste."

Gerade noch hat mir das Lästern Spaß gemacht, aber jetzt bin ich mir nicht mehr so sicher, ob ich hören will, was Marius zu erzählen hat. Trotzdem frage ich: „Und das wäre?"

Er lässt mich zappeln. Nach einer bedeutungsvollen Pause sagt er gedehnt: „Die suchen jetzt eine größere Wohnung."

Ich starre ihn an. Mir dämmert etwas.

Er nickt wissend.

„Du meinst, die ist schwanger?"

Er zuckt die Schultern. „Gesagt hat es keiner, aber zähl doch mal eins und eins zusammen. Warum rennt der denn jetzt noch los, um ihr Popcorn zu holen, nur weil ihr gerade danach ist?"

Ein Klingeln holt mich zurück in die Gegenwart. Es ist viertel vor acht. Ich springe auf. „Wir sprechen später weiter!"

„Toi toi toi", höre ich ihn mir noch nachrufen.

Trotzdem ich alles wie in Trance erlebe, wird die Aufführung ein voller Erfolg. Liegt vermutlich daran, dass ich als Faust meinen ganzen Weltschmerz und alle derzeitigen Zweifel am Sinn des Lebens perfekt zum Ausdruck bringen kann. Danach bin ich zum ersten Mal froh, einen dementen Vater zu haben. Das gibt mir nämlich eine willkommene Ausrede, und so muss ich nicht mehr mit den anderen etwas trinken gehen. Was wir normalerweise nach jeder Premiere tun. Popcorn-Peggys Kommentare zum Stück, oder auch ihr dumpfes Schweigen dazu, sind jetzt wirklich das Letzte, was ich mir anhören möchte.

Kapitel 23

Nach meinem Gespräch mit Frau Schneider ist plötzlich alles schnell gegangen.
„Sie können das Zimmer sofort haben. Jeder Tag, an dem es leer steht, kostet
für uns Geld", hatte sie mir erklärt.

Ihre Offenheit überforderte mich etwas. Ich hatte mehr Menschenfreundlichkeit
erwartet, und dass finanzielle Interessen nicht so eine große Rolle spielen
würden. Aber das war weit gefehlt. Ich konnte gar nicht so schnell gucken, wie
sie mir ihre Formulare vorlegte.

„Ich möchte Sie nicht unter Druck setzen. Ich habe diesen Beruf einmal
ergriffen, weil ich alten Menschen helfen möchte. Aber, wie ich Ihnen schon
sagte: Jeder Tag, an dem das Zimmer leer steht, kostet für uns Geld. Ich habe 25
Mitarbeiter und muss gucken, dass die Zahlen stimmen. Deswegen muss ich Sie
bitten, mir bis spätestens übermorgen Ihre Entscheidung mitzuteilen."

Weil das logisch klang, hatte ich nur genickt und gefragt, ob ich das Zimmer,
um das es ging, vielleicht einmal sehen könnte.

„Natürlich", hatte sie gesagt, die Formulare zur Seite gelegt und gleich wieder
viel freundlicher gewirkt.

Es war nicht das Heim, in dem ich mich gleich richtig wohlgefühlt hatte. Aber
es war ein freundliches, helles Haus mit großen Fenstern und Sitznischen auf
den Gängen. Die alten Männer und Frauen, die dort in kleinen Grüppchen
zusammensaßen, hatten nicht unglücklich ausgesehen. Also habe ich ja gesagt.
Zwei Tage später ist mein Vater dann eingezogen. Erst einmal nur mit einem
Koffer.

„Schon wieder eine Flucht?", hatte er gefragt und völlig verängstigt gewirkt. Es
war schrecklich, ihn so zu erleben. Immer wieder hatte er mich am Ärmel
gepackt und gefragt: „Alfons, wollen wir nicht lieber hierbleiben? Die räumen

uns sonst alles aus. Wir verstecken uns im Keller, dann können wir wenigstens noch nachts in der Wohnung nach dem Rechten sehen."

„Papa. Es ist keine Flucht. Es ist – eine Reise. Ein Urlaub! Ich habe für dich ein schönes Zimmer gebucht; es wird dir gefallen!"

„So etwas wie ... Ferien?" Plötzlich war in seinen Augen ein Glanz gewesen. Dass ich Trottel nicht gleich darauf gekommen war, es so zu formulieren.

„Genau! Ferien. In einem sehr schönen Hotel mit leckerem Essen. Du hast dort dein eigenes Zimmer und kannst machen, was du möchtest."

„Gibt es dort auch ein Fernsehgerät?"

Ich hatte mich nicht erinnern können. Frau Schneider hatte mir ein kleines, helles Zimmer mit gelblichem Linoleumboden gezeigt, an dem mir vor allen Dingen gefiel, dass man vom Fenster aus in einen schönen Garten mit vielen Bäumen sah. „Ich bin nicht sicher. Aber wir können ihn mitnehmen."

So trafen wir ein. Mein Vater trug seinen Koffer, ich den Fernseher. Mit der freien Hand hatte ich meinen Vater untergehakt, damit er es sich nicht spontan anders überlegen und die Flucht ergreifen konnte.

Seitdem sind zwei Wochen vergangen. Und bis heute frage ich mich jeden Tag, was überwiegt: der Genuss, endlich wieder meine Wohnung und mein Leben für mich zu haben, oder die Last der Verpflichtung, die Wohnung aufzulösen, in der ich aufgewachsen bin und in der meine Eltern fast ihr ganzes Leben verbracht haben. Ich hätte nicht gedacht, dass das so schwer sein würde. Meine Eltern haben schließlich nur Plunder! Die Möbel sind nicht nur alt und hässlich, sondern auch von billiger Qualität. Von den Klamotten ganz zu schweigen – die möchte todsicher niemand mehr tragen! Und was den Hausrat angeht – jeder hat längst alles, oder nicht? Über ein paar kleine Töpfe und Geschirr hat sich Florence gefreut. Dann war ich mit meinem Latein auch schon am Ende. Ich kann schlecht alles einlagern, bis Arthur seine erste eigene

Wohnung einrichtet. Aber soll ich das Lebenswerk meiner Eltern einfach auf den Sperrmüll werfen?

Während ich wieder einmal durch Papas Wohnung gehe und planlos Sachen von hier nach dort sortiere, klingelt es an der Tür. Draußen steht eine elegant gekleidete Frau, die vermutlich zwischen 60 und 70 Jahre alt ist.

„Herr Pischke, nicht wahr?"

„Ja." Ich warte darauf, dass sie sich vorstellt.

„Darf ich reinkommen." Sie sagt es mehr, als dass sie fragt, und schiebt sich an mir vorbei in die Wohnung. Von so viel Dreistigkeit überrollt, lasse ich sie gewähren.

„Ihr Vater ist ausgezogen?"

„Ja. Nein. Also – bedingt. Wer sind Sie überhaupt, und warum fragen Sie das?" Sie zieht eine Karte aus der Tasche und drückt sie mir in die Hand. „Mein Name ist Anders", zwitschert sie. „Meinem Mann und mir gehört dieses Haus."

Ich warte auf weitere Erklärungen. Aber es kommen keine. Also sehen wir uns eine Weile wortlos an. Ich kann sehr ungemütlich schweigen – ich habe das schließlich gelernt. Ich strecke mich unauffällig etwas und verschränke die Arme vor der Brust. Nach einer Weile fühlt sie sich doch genötigt, etwas zu sagen.

„Wie haben Sie sich das mit der Miete vorgestellt, wenn Ihr Vater nicht mehr hier wohnt?"

Woher weiß sie das überhaupt? Bestimmt von der ekelhaften Kuh, die im Erdgeschoss wohnt. Sie putzt im ganzen Haus die Treppen und spioniert anscheinend dabei für die Vermieter. „Was soll ich mir vorgestellt haben?"

„Die Miete muss weiterhin gezahlt werden, auch wenn Ihr Vater jetzt anderweitig untergebracht ist." Sie lässt einen prüfenden Blick an mir rauf und runter wandern. „Können Sie sich das beides leisten?"

Darum geht es also. Ich presse die Kieferknochen fest aufeinander, um nicht sofort laut loszubrüllen. Nachdem ich zweimal geatmet habe, kann ich antworten. „Soweit ich weiß, hat mein Vater bei Ihnen keine Schulden."

Sie streicht sich die Haare zurecht. „Nein, so ist es natürlich nicht, Herr Pischke. Das wollte ich damit auch nicht sagen."

„Warum glauben Sie dann, dass es künftig dazu kommen könnte?"

Sie verlagert ihr Gewicht von einem Lacklederpumps auf den anderen. „So habe ich das nicht gemeint. Aber Sie müssen verstehen ... Ihr Vater war hier sehr lange Mieter. Wir haben ihm die Miete schon seit Jahren nicht mehr angepasst. Wir sind soziale Leute. Aber wenn er nun nicht mehr hier wohnt ..." Sie sieht sich im Chaos um. „Sie können die Wohnung nicht als billiges Möbellager halten. Das hier ist eine teure Wohngegend geworden. Wenn Ihr Vater nicht mehr hier wohnt, möchten wir die Wohnung verständlicherweise schnellstmöglich sanieren und zu einem marktüblichen Preis neu anbieten."

Mir wird übel vor Wut. Ich reiße die Wohnungstür weit auf. „Raus!", brülle ich: „Raus! Raus! Raus!"

Sie zuckt bei jedem Schrei etwas zusammen, geht aber nicht. „Ich muss doch sehr bitten", sagt sie in pikiertem Ton.

„Nein", brülle ich weiter und spüre, dass ich jetzt knallrot anlaufe. „Nein, das müssen Sie nicht. Sie müssen sich einfach nur mit Ihrer Leichenfledderei noch etwas gedulden. Die Miete zahle ich, solange wir diese Wohnung haben. Und wenn Sie jetzt nicht sofort gehen, trage ich Sie eigenhändig aus der Tür."

Mit zusammengepressten Lippen stöckelt sie wortlos an mir vorbei. Ich werfe hinter ihr die Tür ins Schloss und lasse mich auf den nächstbesten Stuhl fallen. Was für eine Hexe. Was für eine geldgierige, widerliche Hexe.

Aber leider hat sie mir vor Augen geführt, dass für mich das Gleiche wie für Frau Schneider gilt: Jeder Tag, an dem die Wohnung leer steht, bedeutet sie einen Kostenfaktor. Und leider lag die grauenhafte Frau Anders auch mit ihrer

138

Vermutung richtig, dass es für mich nicht zu stemmen ist, aus Nostalgie die Wohnung meines Vaters zu behalten, wenn er nicht einmal mehr darin wohnt.

Ich schaue auf die Uhr und merke, dass ich darüber ein anderes Mal weiter nachdenken muss. Ich wollte noch meinen Vater besuchen, bevor er um sechs Uhr sein Abendessen bekommt. Weil ich mir angewöhnt habe, zu jedem dieser Besuche etwas von seinen Sachen mitzubringen, klemme ich mir ein Fotoalbum unter den Arm und breche auf.

Als ich zu meinem Vater ins Zimmer komme, regt er sich gerade über irgendetwas auf.

„Lose Mädchen. Luder. Miststücke", schimpft er vor sich hin.

„Was ist los?", frage ich.

Er zeigt mit seinem knochigen Zeigefinger mehrmals zur Tür, durch die ich gerade hereingekommen bin. „Da sind lauter Mädels, die mir nachstellen. Ständig kommen die hier rein und machen mir schöne Augen. Aber wenn ich mit ihnen mal ausgehen will, werden sie schnippisch."

„Ach, Papa. Das sind die Pflegerinnen! Die arbeiten hier. Du kannst nicht mit ihnen ausgehen."

„Das sagst du, weil du nicht weißt, was sie tun. Manchmal wollen sie sogar mit mir ins Badezimmer. Das ist doch wohl eindeutig!"

Oh Gott. Die armen Pflegerinnen. Ich muss mit ihnen sprechen und mich für meinen Vater entschuldigen. Jetzt versuche ich erst einmal eine neue Strategie.

„Papa, ich glaube, bei den Mädchen hier ist die Richtige einfach nicht dabei. Schau mal, ich habe dir Fotos von früher mitgebracht!"

Skeptisch guckt er auf das Fotoalbum, das ich vor ihn auf den Tisch lege. „Was ist das jetzt wieder für ein Trick?"

Ich schlage die ersten Seiten auf. Hochzeitsbilder meiner Eltern. Kinderfotos

von mir. „Kein Trick, Papa. Schau mal, erinnerst du dich noch daran?"
Wütend klappt er das Buch zu und wirft es in eine Ecke. „Alfons, so leicht lasse
ich mich nicht verscheißern. Du hast es selber auf eine von denen abgesehen,
und mich willst du mit Bildern von fremden Leuten abspeisen. Aber das wird
dir nicht gelingen!" Er steht auf, holt das Buch zurück und schlägt es auf. Ein
Foto meiner Mutter nimmt er genauer unter die Lupe. „Die hier kenne ich. Die
wohnt bei uns im Haus. Miststück."

Ich hatte nie eine sehr hohe Meinung von der Ehe meiner Eltern, aber das er
jetzt so spricht, finde ich trotzdem krass. Unerwartet spüre ich einen Stich in der
Brust und nehme ihm das Fotoalbum wieder weg. „Papa, das ist deine Frau.
Jetzt hör auf so zu reden!"

Empört guckt er mich an, aber da geht die Tür auf und eine junge Pflegerin mit
roten Locken bringt einen Teller mit Broten und eine Kanne Tee herein. „Guten
Abend, Herr Pischke! Schön, dass Sie Besuch haben. Ich bringe Ihnen Ihr
Abendessen", sagt sie freundlich.

Mein Vater guckt mich listig an. „Siehst du", zischt er. In einem Ton, den er
anscheinend für leises Flüstern hält. „Das ist einer von den heißen Fegern, die
hinter mir her sind. Aber wehe, ich fasse der jetzt an den Hintern, dann zickt sie
herum." Und schon hat er der jungen Frau in bester Altherrenmanier einen
Klaps gegeben.

„Papa!", rufe ich beschämt.

„Herr Pischke", sagt gleichzeitig sie – resolut, aber keineswegs böse. „Ich habe
Ihnen gesagt, dass ich Ihnen nur Ihr Essen bringe." Zu mir sagt sie: „Machen
Sie sich keine Gedanken. So etwas passiert mit vielen dementen Patienten."

Ich finde es trotzdem schrecklich. Nachdem mein Vater sich mit Broten und Tee
gemütlich vor seinem Fernseher eingerichtet und mich hinauskomplimentiert
hat, suche ich noch einmal das Schwesternzimmer auf. Die Rothaarige, die das
Essen gebracht hat, sitzt am Tisch und schreibt etwas in einen Aktenordner.

„Bitte entschuldigen Sie, dass mein Vater sich so verhält", sage ich.

Sie lacht ein bisschen. „Das ist allen Angehörigen peinlich. Aber wir merken es kaum noch. Die Bewohner meinen es nicht so. Sie sind eben verwirrt."

„Ich bewundere, wie Sie das wegstecken."

„Das würden Sie auch, wenn Sie regelmäßig hier arbeiten würden."

Wenn ich regelmäßig hier arbeiten würde, würde ich mich erschießen. Aber das sage ich nicht. Stattdessen sage ich: „Ich kann mir vorstellen, dass das kein leichter Job ist."

Sie zuckt die Schultern. „Alle Jobs haben gute und schlechte Seiten. Dieser hier macht einen auch oft sehr glücklich. Es ist schön, dass wir den alten Leuten wirklich helfen können. Oft freuen sie sich über ganz kleine Dinge. Wenn man ein paar Minuten lang ihre Hand hält. Oder einfach zuhört."

Ich frage mich, wann ich zuletzt ein paar Minuten lang die Hand meines Vaters gehalten habe. Vermutlich nicht in den letzten 35 Jahren. Ich würde gerne noch länger mit ihr reden, aber es ist offensichtlich, dass sie eigentlich zu tun hat. Und ich will das überlastete Pflegepersonal nicht noch zusätzlich strapazieren. Also nicke ich nur. „Vielen, vielen Dank, dass Sie und Ihre Kollegen mit meinem Vater so geduldig sind. Ich habe das Gefühl, dass er ... naja, den Umständen entsprechend jedenfalls ... sich hier ganz gut fühlt."

„Das denke ich auch", nickt sie. „Machen Sie sich keine Sorgen. Und wenn Sie Fragen haben, können Sie sich immer an uns wenden."

Ich gebe ihr zum Abschied die Hand und verlasse das Haus. Wenn Sie Fragen haben ... ja, ich habe einen ganzen Haufen Fragen. Aber da kann sie mir wohl auch nicht weiterhelfen.

In einem Anflug von Nostalgie gehe ich ins Rolandseck und denke an den Abend vor etwa einem halben Jahr, als mein Vater mir hier einen Vortrag über meinen Lebenswandel gehalten hat. Wie vieles seitdem passiert ist!

Was soll ich bloß mit seinem ganzen Kram machen? Ich leere ein Kölsch, nehme ein zweites und komme zu keiner Lösung. Ich weiß nur eins: Behalten will ich die Sachen auf keinen Fall. Bleibt die Option, sie zu verkaufen oder eben doch den Sperrmüll zu rufen. Oder einen Entrümpelungsdienst. Dann hätte ich keine Arbeit damit. Aber das kommt mir dann doch zu lieblos vor.

Beim dritten Kölsch habe ich mich mit dem Gedanken angefreundet, in den nächsten Wochen einige Zeit damit zu verbringen, Fotos von alten Möbeln bei Ebay einzustellen. Vielleicht ist es gut, wenn ich das Geld für meinen Vater zur Seite legen kann. Wer weiß, was in Zukunft noch an Kosten auf mich zukommt. Früher hätte mir Felix dabei geholfen, und zusammen hätten wir uns einen Spaß daraus gemacht.

Ob Marius recht hat und Peggy wirklich schwanger ist? Nach der Premiere hat er sie nicht noch einmal mitgebracht. Er selbst war immer so schnell weg wie möglich. Sonst scheint auch keiner was zu wissen, aber die Spekulationen häufen sich.

Bevor ich komplett in Selbstmitleid versinke, zahle ich die fünf Kölsch, die ich inzwischen hatte, und gehe nach Hause. Wenn ich wirklich die Wohnung ausräumen will, habe ich ab morgen eine Menge zu tun.

Kapitel 24

Das Ebay-Geschäft läuft erstaunlich gut. Ich hatte nicht damit gerechnet, dass so viele Leute auf alten Plunder stehen, aber offensichtlich ist es so. Sogar die Klamotten bin ich losgeworden – allerdings nicht für Geld, sondern als Spende an ein Sozialkaufhaus. Trotzdem war ich froh. Ich hätte es vor meinem Vater, dem Kriegskind, nicht verantworten können, alles einfach in den Müll zu werfen.

Der widerlichen Vermieterin habe ich eine Kündigung für Ende März geschickt. Sie rief mich postwendend an und meinte, die Kündigungsfrist sei nicht bindend, und dass ich die Wohnung gerne auch schon früher abgeben kann. Aasgeier. Aber vielleicht werde ich davon Gebrauch machen. Ich kann es mir kaum leisten, aus Nostalgie eine leergeräumte Wohnung zu behalten, nur weil ich mit dem Blick aus den hiesigen Fenstern groß geworden bin.

Gerade warte ich auf eine Trulla, die den Schreibtisch kaufen möchte. Vermutlich das am besten erhaltene Möbelstück, denn er wurde nicht viel genutzt. Alles, was wichtig war, spielte sich bei meinen Eltern am Küchentisch oder in der Werkstatt ab.

Es klingelt.

„Hallo. Ich bin wegen des Schreibtischs hier."

Ich lasse eine hübsche junge Frau rein. Sie hat einen haselnussbraunen Pferdeschwanz und kommt mir irgendwie bekannt vor, aber ich kann nicht sagen, warum.

Hoffentlich hatte ich nicht irgendwann etwas mit ihr! Es wäre peinlich, wenn ich mich daran nicht erinnern könnte. Also konzentriere ich mich erst mal darauf, warum sie jetzt hier ist. „Genau. Der steht drüben, im Wohnzimmer."

Während ich vorweg gehe, frage ich mich, wie sie ihn die Treppe runter kriegen will, denn sie scheint alleine zu sein. Das ist auch so eine Unverschämtheit von Leuten, die etwas über Ebay kaufen: Sie setzen selbstverständlich voraus, dass der Verkäufer ihnen tragen hilft. Und ich war gerade froh, dass mein Rücken sich vom wochenlangen Schlafen auf der schrecklichen Couch erholt hatte.

„Wie geht es Ihrem Vater?", fragt sie plötzlich.

Wie bitte? Ich drehe mich zu ihr um. „Wie meinen Sie das?"

„Sie haben doch erzählt, dass er dement ist."

Bin ich jetzt schon selbst dement? Ich würde mich doch wohl daran erinnern, wenn ich in den letzten 30 Sekunden so etwas gesagt hätte.

Jetzt lacht sie leise. „Sie waren bei mir im Buchladen!"

Oh. Vage kommt die Erinnerung zurück. Aber war die Buchhändlerin nicht

blond? „Äh ... ich. Stimmt. Ja. Ich habe Sie gar nicht erkannt."

„Damals war ich noch blond", lächelt sie.

Stimmt. Daran liegt es. „Steht Ihnen gut", stammele ich.

„Das Blonde oder das Braune?", will sie wissen.

„Das Buch. Ich meine, das – beides." Mein Gesicht ist so heiß, dass es nur

knallrot sein kann. Sehr attraktiv. Toll, Hendrik.

Sie lacht und guckt mich ungeniert an. Dann dreht sie sich um, dem Zimmer zu.

„Ich sehe mir erst mal den Schreibtisch an." Sie schiebt die hölzernen

Rollfronten rauf und runter. „Der ist ja richtig hochwertig", meint sie

bewundernd.

Ist er das? Naja, Holz eben. Früher hat man doch immer echtes Holz verarbeitet.

„Mein Vater war Handwerker. Qualität war ihm wichtig." Schließlich ist das

hier ein Verkaufsgespräch. Kann nicht schaden, so etwas zu sagen.

Sie streicht über die dunkle, matt lackierte Platte. „Gefällt mir."

„Muss natürlich auch Ihrem Freund gefallen", sage ich, einer Eingebung

folgend.

Sie guckt mich nur mit großen Augen an, lacht wieder, sagt aber nichts. „250?",

fragt sie.

„Ich hatte doch 280 in die Anzeige geschrieben."

„Stimmt. Aber so viel habe ich nicht mit. 250 – und ich bräuchte Hilfe beim

Runtertragen. Dann nehme ich ihn sofort mit."

„Und wer hilft Ihnen dann beim Rauftragen?"

„Er muss nicht raufgetragen werden. Ich bringe ihn zum Buchladen. Damit

werde ich schon fertig."

Das ist doch blöd. „250, und ich helfe nicht nur beim Runtertragen, sondern

auch beim Ausladen. Dafür gehen Sie vielleicht irgendwann mit mir essen."

Sie guckt unsicher. Bestimmt hat sie einen Freund! Ich bin ein Trottel. Warum habe ich das jetzt gesagt? Aber vielleicht ist sie auch einfach nur schüchtern.

„Mal sehen", sagt sie und legt 250 Euro auf den Schreibtisch. Ich stecke das Geld ein und hebe den Schreibtisch an. Zusammen wuchten wir ihn die Treppen runter und zu ihrem Auto. Sie fährt einen Golf II, dessen Rückbank sie umgelegt hat. Irgendwie drücken wir den Tisch in den Kofferraum, und für einen Moment bedauere ich, dass ich angeboten habe, ihr beim Ausladen zu helfen. Aber nur kurz.

„Möchten Sie gleich mitfahren?", fragt sie.

„Okay."

Im Auto fragt sie noch einmal nach meinem Vater.

„Er lebt jetzt in einem Heim."

„Das war sicher keine leichte Entscheidung."

Ich sehe aus dem Autofenster. Die Straßen meiner Kindheit ziehen an mir vorbei. Erst jetzt wird mir bewusst, wie viele Erinnerungen an meine Eltern für mich mit dieser Gegend verbunden sind.

Ich fange an zu erzählen. Ich rede viel länger als die Fahrt dauert, und am Ende sitzen wir vor dem Buchladen im Auto und ich merke, dass ich viel zu viel rede, aber ich kann nicht aufhören. Ich erzähle von meinem Vater, und wie es sich anfühlt, dass er in mir nur noch seinen Bruder sieht. Von Felix, der wie ein Zwilling für mich war und mich nun Hals über Kopf aus seinem Leben katapultiert hat. Von Arthur, der so spielsüchtig ist, dass er meinen Vater ausgenommen hat wie eine Weihnachtsgans.

Irgendwann legt sie ihre Hand auf meine, wie man es tut, wenn man jemanden beruhigen möchte, und ich kann endlich diesen Redeschwall stoppen.

„Entschuldigung. Sie wollten einfach nur einen Tisch kaufen ... ich hätte nicht so viel reden sollen."

Sie lächelt. „Das ist schon okay. Manchmal braucht man einfach jemanden, der zuhört. Und ich hatte gerade Zeit."

„Sollen wir dann jetzt mal den Tisch in den Laden tragen?"

„Gerne."

Als wir fertig sind, stehe ich noch einen Moment verlegen in ihrem Laden herum.

„Soll ich Sie zurück nach Hause fahren?", fragt sie.

„Das passt schon. Ist nicht so weit, und ich gehe gerne zu Fuß."

„Warten Sie mal einen Moment." Sie taucht zwischen den Reihen von Bücherregalen ab. Als sie wieder auftaucht, hält sie ein Buch in der Hand, das sie mir gibt. Es ist klein und in braunes Leder gebunden. „Worte gegen die Angst", ist vorne drauf geprägt. „Das schenke ich Ihnen."

„Danke." Schon wieder werde ich rot. Na, da habe ich mich ja toll zum Deppen gemacht. Worte gegen die Angst.

Während ich nach Hause schlendere, denke ich darüber nach, ob ich Angst habe. Für sie muss es so ausgesehen haben. Habe ich Angst? Vermutlich schon. Ich habe Angst davor, dass mein Vater noch verrückter wird. Ich habe Angst davor, was diese verdrehte Verantwortung noch mit sich bringt. Eltern sollen sich um ihre Kinder kümmern – aber umgekehrt? Ich weiß nicht.

Natürlich habe ich auch Angst davor, dass mein Vater stirbt. Erstens, weil er dann nicht mehr da ist. Zweitens, weil ich dann der nächste bin, der dran ist.

Ich habe auch Angst davor, selbst als Vater versagt zu haben. Klar, es gibt viele Kinder von getrennten Eltern. Aber vielleicht hätte ich mich nach der Trennung von Susanne mehr um Arthur kümmern müssen. Ich habe ja gesehen, dass Susanne zu sehr mit sich und ihrer esoterischen Selbstverwirklichung beschäftigt war. Es ist natürlich schön einfach, immer alles auf sie zu schieben, wenn etwas mit Arthur nicht gut läuft. Aber wenn ich mal so richtig ehrlich mit mir selbst bin, dann weiß ich ja, dass das nur die halbe Wahrheit ist. Meine Verantwortung ist ja nicht weg, nur weil ich weg bin.

Ich wünschte, ich könnte jetzt mit Felix reden. Davor habe ich nämlich auch Angst: dass mein Leben ohne ihn plötzlich ganz anders ist. Dass ich keinen mehr habe, mit dem ich bei ein paar Kölsch alles weglachen kann.

Zu Hause hole ich mir ein Bier aus dem Kühlschrank und werfe mich aufs Bett. Zum Glück muss ich heute nicht mehr spielen. „Worte gegen die Angst." Die Kleine hat echt Nerven, mir so ein Buch in die Hand zu drücken! Ganz schön besserwisserisch. Ich blättere darin herum. Es ist eine kleine Sammlung von klassischen Gedichten. Ich bin einigermaßen genervt. Die kennt mich ja gar nicht! An einem Text von Schleiermacher bleibe ich trotzdem hängen.

„Sorge dich nicht um das, was kommen mag, weine nicht um das, was vergeht, aber sorge, dich nicht selbst zu verlieren, und weine, wenn du dahintreibst im Strome der Zeit, ohne den Himmel in dir zu tragen."

Ja. Genau so ist das. Mir fällt auch Momo ein, weil Arthur das als Kind so oft gehört hat, dass wir alle irgendwann Passagen davon auswendig kannten. „Mein Leben geht so dahin mit Scherengeklapper, Geschwätz und Seifenschaum. Was hab ich eigentlich davon?"

Ich leere mein Bier und hole ein zweites, aber der gewohnte Effekt, dass nach ein paar Bier alles leichter aussieht, bleibt plötzlich aus. Es ist, als hätte mir jemand das Ende eines Films erzählt, und ich kann ihn jetzt nicht mehr mit den gleichen Augen sehen wie noch fünf Minuten zuvor.

Ich stehe auf und nehme meine Jacke, um ein bisschen rauszugehen. Inzwischen ist es dunkel geworden. Ich gehe zwischen Häusern mit hell erleuchteten Fenstern entlang. Hier und da flackert es bunt. Plötzlich wird mir bewusst, dass bald Weihnachten ist. Ich weiß nicht mal, wo und wie ich das in diesem Jahr verbringen werde.

„Wenn du dahintreibst im Strome der Zeit." Vor einem Schaufenster bleibe ich stehen, um mein Spiegelbild darin zu mustern. Ich fühle mich ertappt. Genau das ist das Problem. Ich treibe dahin im Strom der Zeit. Ich bin ein mittelmäßiger Schauspieler an einer kleinen Privatbühne. Als Vater habe ich versagt. Die Dauer meiner Beziehungen steht in einem üblen Missverhältnis zur Anzahl an Versuchen, die ich unternommen habe.

Und von den einzigen zwei Menschen, die in mir wirklich etwas Besonderes gesehen haben, ist einer tot und der andere erinnert sich nicht mehr an mich. Plötzlich muss ich lachen. Ich lache hysterisch, während mir Tränen über die Wangen laufen, weil ich diese Bilanz einfach nur zum Heulen finde. Vage nehme ich wahr, dass Passanten die Straßenseite wechseln. Scheiße. Ich wische mir die Tränen weg, aber sie laufen immer weiter. Wenigstens kann ich dieses unkontrollierte Lachen irgendwann stoppen. Ich gehe weiter, immer schneller, bis ich mich irgendwann am Rhein wiederfinde. Ich fange an zu laufen, die Brücke hoch. Hier oben ist es noch kälter, der Wind beißt mir in die Haut während ich nicht aufhören kann zu weinen.

Lange bleibe ich oben stehen und starre in die dunklen Fluten, die träge und düster immer weiter in die gleiche Richtung treiben. Felix wird wahrscheinlich seine Schauspielkarriere bald hinschmeißen, wieder als Arzt arbeiten und eine Familie gründen. Wenn er einmal alt ist, weiß er, wofür er gelebt hat. Warum kann ich das nicht? Warum muss ich alles hinterfragen, sezieren und kaputt reden? Genau das hat er mir ja oft vorgeworfen. Mit Recht.
Tränen tropfen mir vom Gesicht. Irgendwo da unten in der Tiefe mischen sie sich mit diesem schwarzen Fluss. Ich könnte mich hinterher stürzen. Es wäre so einfach. An ein Fegefeuer glaube ich nicht. Ein Sprung, und alles wäre vorbei. Aber möchte ich dieses Gefühl, ein vollständiger Versager zu sein, in die

Ewigkeit mitnehmen? Möchte ich, dass Arthur noch mehr geschädigt wird, weil sein Vater nicht nur ein pädagogischer Versager, sondern auch noch ein Selbstmörder ist? Möchte ich wirklich nicht mehr leben, nur, weil es ich nicht weiter als bis in Nastacias Irrenhaus gebracht habe? Möchte ich, dass mein dementer Vater seine verdrehten Geschichten bald nur noch fremden Leuten erzählen kann?

Nein. Tief in mir spüre ich, dass das nicht der Weg ist, und je länger ich auf der kalten Brücke stehe, desto stärker wird dieses Gefühl. Die Welt braucht auch mittelmäßige Schauspieler, weil sich gar nicht jeder eine Karte für die Burgfestspiele leisten kann, und nicht jedes Kind kann einen tollen Vater haben, der rundum alles auf die Reihe kriegt.

Wenn ich mich jetzt von dieser Brücke stürze, dann flüchte ich genauso vor dem Scherbenhaufen meines Lebens wie es mein Vater tut, indem er alles vergisst. Diese verdammte kleine Buchhändlerin hat recht. Ich habe Angst. Ich mache mir fast in die Hose vor Angst. Und das ist ein Scheißgefühl. Aber aufgeben, weil man Angst hat, ist wohl das Einzige, was noch beschissener ist als die Angst selbst.

Ich drehe mich vom Wasser weg und schaue zum Ufer. Dort ist der Dom, hell angeleuchtet in der Dunkelheit. Ich sehe die Silhouette von Groß St. Martin, die Altstadthäuser und die Kranhäuser, hinter denen sich diese verrückt gewordene Südstadt verbirgt, in der Mütter sich anziehen wie ihre Kleinkinder und im türkischen Kiosk nach zimmerwarmer Soja-Milch fragen. Es ist eine Welt, in der ich mich nicht mehr zurechtfinde. Aber das ist noch lange kein Grund zu gehen. Irgendjemand muss diesen ganzen Leuten schließlich einen Spiegel vorhalten. Das ist auch nicht anders als bei „Kunst": Das Stück braucht den dekadenten Kunstliebhaber Marc ebenso wie den kritischen Serge und den harmoniesüchtigen Yvan. Wenn sie im Stück alle ihre Berechtigung haben, dann vermutlich auch auf der Bühne des Lebens.

Ich weiß noch nicht, wohin mich diese Erkenntnis führt, aber jetzt gehe ich erst einmal nach Hause. Und ich glaube, morgen werde ich diesen Kühlschrank rauswerfen, den ich noch nie leiden konnte.

Epilog

Irgendwie schlüpfen wir alle ständig in wechselnde Rollen. Die Demenz ist wahrscheinlich nur eine Spielart davon. Eine Flucht vor der Realität.

Für meinen Vater ist die Gegenwart nicht mehr wichtig. Mein Sohn tauscht das Hier und Jetzt gegen „Clash of Clans". Und mein bester Freund hat die Suche nach einer Partnerin auf Augenhöhe aufgegeben und spielt jetzt „Vater, Mutter, Kind" mit einem Toastbrot.

Wer bin ich, darüber zu urteilen? Ich gebe zu, es fällt mir nicht leicht, das alles zu akzeptieren. Aber vielleicht ist es an der Zeit, dass auch ich mal in eine neue Rolle schlüpfe.

Ich bin nicht Bob der Baumeister, immer ausgestattet mit dem passenden Werkzeug, um die Baustellen der anderen zu richten. Am Ende des Tages bin ich auch nur ein Zuschauer vor der Bühne des Lebens der anderen. Publikum für die Stücke, die sie aufführen.

Manchmal ist es ein Kasperle-Theater, bei dem man rein rufen darf. Aber manchmal eben auch nicht.

„Wie geht es denn jetzt für dich weiter? Bleibst du an der Bühne?"

„Ich weiß es noch nicht. Ich kann mir nicht vorstellen, ohne Felix zu spielen. Die anderen gehen mir alle auf die Nerven."

Sie schaut mich traurig an und nickt lächelnd, ohne etwas zu sagen.

„Vielleicht schreibe ich ein Buch über das alles."

„Echt?" Sie macht große Augen.

„Hm. Obwohl es wahrscheinlich Mist wird."

„Warum?"

„Glaubt doch keiner, dass das alles gleichzeitig passiert!"

„Ich schon. Ich würde das glauben. Das Leben ist manchmal so." Sie nippt an ihrem Glas. „Wo würdest du anfangen?"

„Keine Ahnung. Ich muss mal kurz aufs Klo." Eigentlich muss ich nicht. Aber ich brauche ein bisschen Zeit zum Nachdenken. Soll ich ihr vertrauen? Ach, was soll's. Ich tue es einfach.

Ohne etwas zu sagen, lege ich ein paar Blätter vor sie hin.

„Was ist das?" Sie beugt sich vor und beginnt zu lesen. Dann schaut sie mich an. „Wow! Hendrik!"

Ich lehne am Türrahmen, Hände in den Hosentaschen, und zucke die Schultern. Kurz schaue ich zu ihr, dann lieber wieder woanders hin. Am Rascheln der Seiten höre ich, dass sie weiterliest.

Von meinem Platz aus beobachte ich sie verstohlen. Manchmal lacht sie leise. Oder sie schlägt eine Hand vor den Mund.

So langsam bin ich froh, dass ich es ihr gezeigt habe. Weil ich weiß, dass sie mich versteht. Ich trete hinter sie und schau auf die Seiten, die sie schon gelesen und auf den Tisch gelegt hat. In diesem Moment reißt die Wolkendecke auf, die den Himmel verdüstert hat, und Sonnenlicht ergießt sich über alles. Ich beuge mich vor und lese selbst noch einmal, was da steht.

Unzufrieden säbelt mein Vater eine dicke Scheibe von seiner glänzenden Bratwurst, schiebt sie durchs Kartoffelpüree und steckt sie in den Mund. „Du musst eine Küche haben", kritisiert er. „Das ist nicht richtig, wie Du wohnst. Mit 45 Jahren keine anständige Küche. Ich habe Dir jetzt eine bestellt. Das Kinderzimmer ist schon leergeräumt. Nach dem Nachtisch fangen wir an."